COLLECTION FOLIO

Henry Miller

L'œil qui voyage

Traduit de l'américain
par Martine Leroy

Préface de Michel Bulteau

Gallimard

Le récit inédit intitulé *Une lettre*
a été traduit par Daniel Bismuth.

Fils d'un tailleur de Brooklyn, Henry Miller naît à New York en décembre 1891. Enfant précoce et peu discipliné, il est confronté aux scènes de la rue dans le quartier de Williamsburg, la « petite Allemagne ». Son œuvre entière, largement autobiographique, témoigne de cette période d'enfance et d'adolescence.

Henry Miller s'installe à Paris en 1930, où il mène une vie de bohême et se lie avec Anaïs Nin, Raymond Queneau et Blaise Cendrars. À son retour aux États-Unis, en 1939, il apparaît comme une figure marginale, et son ouvrage majeur, *Tropique du Cancer*, publié en 1934, restera interdit jusqu'en 1960. La décennie 1950-1960 voit la consécration de Miller, vénéré par les écrivains de la « beat generation », auteur respecté de l'ambitieuse trilogie autobiographique *La crucifixion en rose* composée de *Sexus* (1949), *Plexus* (1952), *Nexus* (1959).

Il meurt le 7 juin 1980.

Écrivain de culture européenne, prodigieux conteur, il laisse une œuvre riche et sensuelle qui dénonce l'hypocrisie et le puritanisme de son pays.

Le crucifié en rose

Henry Miller n'a pas besoin de préface. Le lecteur qui entre de suite dans son œuvre en tire le plus grand bénéfice. Mais considérant que *L'œil qui voyage* raconte plusieurs récits, provenant de trois sources différentes, quelques précisions ne nous ont pas semblé superflues.

Il est probable que Henry Miller écrivit *Dérive aux Everglades*[1] bien avant *Moloch* et *Crazy Cock* — dont il donna plusieurs versions —, en 1928. Ce qui prouve que déjà il avait l'illumination ! Ce voyage en autostop « au pays du soleil éternel » — la Floride — est un récit picaresque dans la tradition de *Huckleberry Finn* de Mark Twain. On y trouve aussi, avec quelques décennies d'avance, une

1. Ce récit ne fut publié qu'en décembre 1976 par Lost Pleiade Press (Santa Barbara).

atmosphère très *on the road*[1] mâtinée de Knut Hamsun — écrivain d'ailleurs vénéré par Jack Kerouac et Henry Miller. Une grande différence cependant : le récit de Henry Miller baigne dans un optimisme souverain. Il ne faut jamais perdre de vue une formule que l'on trouve dans le *Tropique du Capricorne*, et qu'il portait déjà en lui à cette époque : « Le mélodrame auquel se livre l'homme d'aujourd'hui à travers la souffrance n'existe pas pour moi ; il n'a jamais existé en fait. Tous mes calvaires ont été des crucifixions en rose. »

Henry Miller écrivit *De Dieppe à Newhaven* quand il ne vivait plus avec sa femme, June Mansfield. Il l'avait rencontrée quand elle travaillait comme « taxi-girl » à Times Square. Il partageait désormais un appartement à Clichy avec Alfred Perlès. June vivait à Montparnasse « au milieu de cette racaille qu'elle était obligée de fréquenter ». Tout comme Miller et Perlès, June avait bien du mal à se nourrir. Subitement, Henry voulut entendre parler anglais « vingt-quatre heures sur vingt-quatre et rien qu'anglais ». Il décida de prendre un billet aller et retour pour Londres. Mais tout s'enchaînera très mal, avec pour point culminant la scène au Bureau de

1. Henry Miller s'efforcera en 1958 de vanter les mérites du jeune Jack Kerouac (« Je dis qu'il est bon, très bon, excellent. Surtout son style. C'est un poète. Sa prose, c'est de la poésie ») à un Lawrence Durrell sceptique.

l'immigration, cocasse et truculente. Il ne posera naturellement pas le pied sur le sol anglais. Le lendemain, dès que le bateau eut mis le cap sur Dieppe, l'auteur du *Tropique du Cancer* fut pris de panique : « Supposons qu'on m'embarque sur un autre bateau pour me renvoyer en Amérique [...]. Je ne pouvais supporter l'idée de retourner là-bas. C'était Paris que je voulais revoir [...]. Peu m'importait si je devais passer le reste de mon existence à demander la charité. Mieux valait être mendiant à Paris que millionnaire à New York [1] ! » Ce voyage raté de 1932 en Angleterre est vraiment du grand Miller.

L'œil qui voyage, c'est aussi l'œil du peintre. Celui de Hilaire Hiler, par exemple, qui enseigna le dessin à Henry Miller. Que nous révèlent ces pages [2] ? Que le peintre est maître de toutes sortes de gens et de toutes sortes de choses. « S'il veut faire apparaître des lieux et des déserts, des endroits ombreux ou sombres, des climats chauds, qu'il les représente, ces lieux brûlants ou ces temps froids. S'il veut des vallons, s'il veut découvrir de vastes champs depuis de hauts sommets, et s'il veut, ensuite, voir l'horizon de la mer, il en est maître, et de même si,

1. Voir *De Dieppe à Newhaven*, p. 102.

2. *Une lettre.* Je dois la découverte de ce texte à George Hoffman. Henry Miller l'avait publié en 1945 dans *Why abstract* ?, une revue à tirage limité et éditée par James Laughlin. Hilaire Hiler, né en 1898, vécut à Paris pendant les années 1930 et en Californie pendant les années 1940. Il est mort à Paris en 1966.

depuis les vallons profonds, il veut voir les hautes montagnes, les vallons profonds et les plages », note Léonard de Vinci dans ses *Carnets.* Et pourtant, conclut Henry Miller en méditant sur les tableaux fous de Hiler, « si précises qu'elles soient, ces représentations de la réalité sont inadéquates. C'est la réalité de la surface. C'est l'œil plongé dans le grand trou noir d'un boîtier pour regarder à travers un objectif parfaitement réglé [1] ».

La guerre approchant, il était impossible à Henry Miller de rester en France. Les deux textes publiés en volume en 1939 dans *The Cosmological Eye* [2], concernant ses retrouvailles avec l'Amérique (et publiés ici sous le titre de *La tarte lumineuse* et du *Pont de Brooklyn*), constituent un virulent réquisitoire antiaméricain. On a en effet le sentiment, comme il l'écrit à Lawrence Durrell, que son voyage « est vraiment un voyage dans les limbes ». C'est aussi le moment où il commence à écrire *Le cauchemar climatisé,* dont il retardera la publication jusqu'en 1945. Dans la préface du livre, Henry Miller écrira : « Il me fallut parcourir quelque quinze mille kilomètres [3] avant que l'envie me prît d'écrire une seule

1. Voir *Une lettre,* p. 131.

2. New Directions Publishers.

3. Dans une Buick 1932 d'occasion achetée par Miller sur son avance ; il confia à un ami qu'on aurait dit une voiture d'un directeur de pompes funèbres », *in* Mary Dearborn, *Henry Miller, biographie,* Paris, Belfond, 1991.

ligne. Tout ce qui mérite d'être dit sur la vie américaine, je pouvais l'exposer en trente pages. » Cet exposé, nous l'avons en plus condensé. Il s'agit de *La tarte lumineuse* — un titre emprunté à Céline — où l'on peut lire : « Quand on est artiste, on a une consolation qui est refusée aux autres. On peut jouer le rôle de l'entrepreneur des pompes funèbres [1]. »

Quand on mentionne *Le pont de Brooklyn*, on songe immédiatement à « The Bridge », le grand poème de Hart Crane. Voici ce qu'écrivait le poète, dans une lettre du début de 1923, de ce qu'il considérait être le poème épique américain : « En gros cela se rapporte à une synthèse mystique de l'Amérique. Histoire et faits, situation géographique, etc. Tout cela doit être transposé dans une forme abstraite qui fonctionnerait pratiquement indépendamment de son objet. Les impulsions initiales de "notre peuple" devront être rassemblées vers le point culminant du *Pont*, symbole de notre avenir constructif, de notre seule identité, dans laquelle sont également inclus nos espoirs scientifiques et nos réalisations futures. »

Quinze ans plus tard, Henry Miller fait les cent pas sur le pont de Brooklyn. Il devient, pendant un après-midi, « un squelette d'ego, une ombre congelée du moi [2] ». Le pont devenait pour

1. Voir *La tarte lumineuse*, p. 151.
2. Voir *Le pont de Brooklyn*, p. 160.

l'écrivain symbole de mort et de renaissance. Il lui permettait de se dissocier des folies historiques de son pays, sans trancher ses liens de parenté « avec les fous et les assassins ». Pour finalement conclure « Mon incarnation mexicaine est terminée, ma vie nord-américaine est révolue. L'étrangleur qui était en moi est mort, le fou et le fanatique aussi. » Henry Miller a survécu à cette phrase plus de quarante ans [1].

MICHEL BULTEAU,
octobre 2004.

1. Henry Miller est mort le 7 juin 1980 d'une défaillance cardio-vasculaire à Pacific Palissades.

DÉRIVE AUX EVERGLADES

Nous n'avions rien contre la marche à pied, mais nous ne tenions pas absolument à en faire. Nous hélâmes donc le premier flic venu pour lui demander le chemin de la Floride. Il nous considéra d'un air incrédule tout en montrant du doigt le car d'Elizabeth [1]. Au moment où nous tournions les talons, il murmura avec envie : « Ben, les gars, vous êtes sacrément gonflés. » Nous ne comprîmes toute la portée de ces paroles qu'une semaine plus tard.

Il faut reconnaître qu'au début nous fûmes un peu déçus de ne pas rencontrer des hordes de vagabonds dans notre genre s'entassant devant la station de métro Newark. La Floride ! Ce mot carillonnait à mes oreilles depuis si longtemps que je m'attendais presque à ce qu'un Américain sur cinq s'embarque sur la longue, longue route qui mène aux

1. Localité proche de New York.

Everglades, au pays du soleil éternel qui embaume la fleur d'oranger. La Floride : paradis des travailleurs et terre de plaisir des ploutocrates ! De temps à autre, sur la route, il y avait des endroits où l'on pouvait s'arrêter et, en comptant toute la journée, on découvrait qu'il passait une voiture à la minute en direction de la Floride. Apparemment, il s'agissait donc bien d'une moderne croisade et, tout comme jadis, les rangs des croisés comprenaient des aînés chenus et des bataillons de jeunes gens. On y voyait aussi le pèlerin dans son vieux tacot et des péniches sur roues — avec tout le confort moderne !

La première étape fut la plus exaltante, sinon la plus aventureuse. Tout autour de nous s'étendait un tapis de neige immaculée et vaporeuse qui faisait un étincelant diorama magique. Pour nous qui n'avions jamais vu la campagne en hiver, c'était un spectacle superbe. En arrivant dans cet endroit idyllique qu'est Princeton, nous étions complètement envoûtés. Ici, les pins murmuraient et les sapins du Canada étaient recouverts d'un manteau de silence blanc. Nous parlions de chasse à la caille, au lièvre, au dindon et au canard sauvage. Nous nous voyions déjà faire étape dans quelques jours dans un manoir colonial de Virginie et nous joindre à une joyeuse chasse au renard, à travers landes et bois, en compagnie d'un vieux colonel. En prévision de cette éventualité, nous étions même allés jusqu'à nous essuyer les babines d'un revers de main, comme si le jus savoureux d'un rôti de grouse nous dégoulinait au menton.

Avant même d'avoir eu le temps de nous en rendre compte, nous nous étions retrouvés sur le bord de la route, près de la ville de Trenton. Les pieds humides et glacés, nous grelottions dans l'air froid du soir, en tentant vainement de persuader les voitures de nous prendre. Accrochée juste au-dessus de nos têtes, sur un arbre, une pancarte proclamait : « Tampa, la plus grande ville de Floride. » En cet instant, nos sentiments vis-à-vis de Tampa étaient plutôt tièdes. Nous nous mîmes à discuter solennellement des capacités de durée du petit magot de quarante dollars avec lequel nous étions censés gagner Miami. Tandis que nous nous demandions si nous arriverions à Philly[1] avant minuit, l'œil cyclopéen d'un trolleybus de banlieue s'abattit sur nous et nous décidâmes prestement d'y grimper pour aller en ville. À l'intérieur, un spectacle bien affligeant nous attendait. Nous nous rendîmes alors tristement compte de l'existence de ces foules qui, en Amérique, gagnent leur pain à la sueur de leur front. Nous venions de retrouver notre vieille amie, la gamelle. « Une gamelle bien pleine » — long était l'hameçon tendu par ce bon vieux parti républicain. Il s'étalait dans toute sa navrante et pitoyable signification. Quel spectacle pour un jeune homme

1. Diminutif donné à la ville de Philadelphie.

qui part pour la Floride rempli d'espoir et d'optimisme ! Quels funestes augures pour celui qui tente de quitter la cité de la fumée et du bruit pour une terre promise ensoleillée où seuls travaillent les malades et les malchanceux ! Ces tâcherons représentaient pour nous un monde sous-humain et leur vue éveillait en nous de sombres pressentiments. En définitive, peut-être n'allions-nous pas échapper aux griffes du travail. Peut-être la Floride n'était-elle pas uniquement le soleil, le sable blanc, les palmiers royaux et les fermes aux alligators. Le sinistre leitmotiv du labeur palpitait comme un ulcère dans nos cœurs de saltimbanques.

Sur un pont, de l'autre côté de la ville, nous arrêtâmes une Packard découverte conduite par un employé des wagons-lits. Il allait à Philly pour assister à un match de football « nègre », le lendemain. Il était encore plus gentil que notre précédent ami sudiste. Une fois arrivés dans la région désolée qui s'étend entre Trenton et Philly, il arrêta sa voiture et nous invita tous à boire et à fumer. Il avait le chic pour se mettre bien avec les grands de ce monde. Évidemment, en quinze ans dans les chemins de fer, il avait eu le temps de voir beaucoup de choses. Le prince de Galles eut droit à un panégyrique tout particulier. « Oui, m'sieur, il tient drôlement bien la boisson. C'est quelqu'un. » Manifestement, à son avis, des personnalités plus importantes encore que le prince de Galles n'étaient pas aussi douées en la matière. Il se mit ensuite à fredonner des chansons qu'il avait lui-même composées et à discuter très librement du problème racial. Nous faillîmes bien verser des larmes au souvenir de Booker T. Washington. En arrivant à Philly, on s'en enfila un bon coup derrière la cravate sous le nez d'un flic et, ensuite, on s'échangea des cartes de visite graisseuses. Notre hôte nous fit promettre de lui envoyer des cartes postales et de passer le voir si jamais nous revenions dans ce cher New York. Il nous emmènerait voir un authentique orchestre « nègre » dans un bouge de Harlem ! Nous lui répondîmes que nous comptions bien ne plus jamais remettre les pieds à New York, tout en le remerciant chaudement de sa générosité. On se sépara comme des amis de toujours.

Nous étions arrivés si vite et si facilement à Philadelphie que cela nous incita à continuer notre voyage. Après avoir jeté un rapide coup d'œil sur la carte routière, nous nous fixâmes comme but la ville de Wilmington. Sur la carte, Wilmington fait grosse impression. Vers une heure du matin, raides et courbatus, on se retrouva en train d'arpenter les rues désertes de l'orgueil du Delaware. Installés dans la grande devanture d'un journal, à cette heure indue (pour le Delaware), deux fanatiques jouaient aux échecs, enveloppés par la fumée bleue de leurs cigarettes, tout à fait semblables à des statues accroupies recouvertes de vert-de-gris. C'était une curieuse coïncidence, étant donné que la nuit précédente, nous aussi, nous avions passé dix heures à résoudre de délicats et poétiques problèmes d'échecs. Pour être tout à fait francs, nous avions bien un jeu d'échecs dans nos affaires, mais nous ne fîmes jamais la moindre partie... Mais, c'est une autre histoire.

Compte tenu de l'heure du départ (une heure de l'après-midi), de la tempête de neige inopinée et de la brusque tombée de la nuit, cette première journée ne s'était pas trop mal passée. Avec une pareille veine, nous pensions pouvoir arriver à Richmond le troisième jour et à Atlanta le sixième. En raison de la modicité de notre budget, nous devions nous contenter d'hôtels à un dollar la nuit. À Washington, cette belle citée posée comme un diadème scintillant au seuil du Sud, nous fîmes notre première expérience désagréable avec les chambres bon marché. Avant de quitter New York, nous y avions donné rendez-vous à un troisième compère pour faire notre entrée dans le Sud comme les trois mousquetaires. Jamais je n'oublierai, je crois, l'expression de stupeur de notre ami quand il débarqua le lendemain matin dans notre chambre, à Washington. Il s'arrêta devant la porte ouverte, en haut des escaliers et trempa la main dans la cuvette d'eau pour nous en asperger. Son sac à dos était prodigieusement dilaté. Sous le bras, il avait un adorable petit ukulélé enveloppé dans un étui de tissu vert. Il portait de luxueuses culottes de cheval et des chaussures en caoutchouc parfaitement grotesques. Il examina la chambre avec un air alarmé. Pas un meuble qui ne vînt du marché aux puces ou d'une boutique de brocanteur. Il n'y avait qu'une seule chaise dont le fond était percé. Sur cet objet infirme, nos vêtements pendaient dans la plus grande incohérence. Nos chapeaux planaient au-dessus de nous, accrochés à la tête du lit. Les matelas étaient en paille ; les draps avaient le teint brouillé et ils étaient effrontément rapiécés. La table de toilette arborait une cuvette sale et ébréchée, mais il n'y avait même pas de miroir fêlé pour refléter des images déformées. Pas le moindre petit bout de savon non plus. Cependant, aussi atroce que fût cette hôtellerie, nous devions apprendre un peu plus tard qu'il existait pire. Il nous restait à faire connaissance avec l'engeance misérable et désolée des quartiers mal famés et ses grimaces cauchemardesques.

Quelques minutes plus tard, nous avalions un copieux petit déjeuner dans un modeste restaurant voisin. Les petites déconvenues que nous venions de subir furent rapidement oubliées et c'est d'un cœur léger que nous nous mîmes en route vers le pont de Georgetown, impatients de poser le pied sur le sol de la Virginie. Comme des collégiens, nous fîmes la course sur les derniers mètres, pour voir qui embrasserait le premier cette terre. Quel romantique enfantillage ! Ayant pris par mégarde une mauvaise route, nous dûmes revenir vers Washington, après avoir fait quelques kilomètres en Virginie. Vint ensuite une promenade enchanteresse à travers le Cimetière national d'Arlington, qui nous consola de notre erreur. Si c'était ça, le Sud, il nous apparaissait comme une terre merveilleuse, accueillante et paisible. Nous étions dans un monde nouveau, on ne pouvait pas dire le contraire. Les traditionnelles pensées qui viennent à l'esprit dans un cimetière ne se matérialisaient pas ici. Au contraire, nous nous mîmes à évoquer la vieille Confédération, le temps des esclaves heureux, des champs bien entretenus, des grands domaines et des joyeux cavaliers. Sous le chaud soleil de midi, de merveilleuses senteurs nous environnaient et venaient assaillir nos sens. Ici, les rigueurs de l'hiver ne se faisaient pas sentir.

Peu après Alexandrie, nous nous arrêtâmes sur le bord de la route pour nous reposer contre une clôture de bois et regarder des petits poulains qui gambadaient dans les champs. Un jeune nègre arriva dans une charrette bringuebalante. Il se leva ostensiblement et ôta son chapeau pour nous saluer. Fichtre ! Nous eûmes le souffle coupé par ce geste grandiloquent. Nous faillîmes bien nous incliner jusqu'à terre en retour. Une telle courtoisie était inconnue au-dessus de la ligne Mason-Dixon.

Et ensuite, Fredericksburg ! Pourrai-je jamais décrire ce que je ressentis en pénétrant dans cette paisible ville ensommeillée, par ce crépuscule de fin d'année ? Trois envahisseurs venus du Nord, postés aux carrefours et dévisageant, bouche bée, tout ce qui passe. De gros balourds de nègres traînaillant au coin des rues nous regardent avec méfiance. Un peu plus loin, à deux pas de la gare, la vieille maison du président Monroe nous paraît aussi étrange et pittoresque que la cabane en rondins dessinée sur les étiquettes des bouteilles de sirop d'érable. Un vieux gentilhomme sudiste, très digne, coiffé d'un chapeau mou noir, nous salue gravement et répète son petit numéro chaque fois qu'il passe devant nous. Et que dire de ces beaux camées sudistes qui nous impressionnent par leur fraîcheur et leur fragilité ? Il est temps de presser le pas si nous voulons arriver à Richmond, mais nous répugnons à partir. Fredericksburg nous a ensorcelés. Nous faisons le vœu d'y revenir un jour pour y rester longtemps. L'un de nous se met à réciter le trente-troisième psaume. Étrange, n'est-ce pas, le charme que peut exercer ce petit bourg tranquille. Aujourd'hui encore, je ressens le paisible mystère de sa beauté. C'est le Sud qui ne finira jamais ; le Sud que tous les nordistes souhaitent connaître ; le Sud à qui on ne devrait jamais permettre de mourir.

En quittant Fredericksburg, nous tombâmes sur un autre trio en route pour la Floride. On se toisa d'un regard soupçonneux, puis ce fut à qui se rendrait maître des emplacements stratégiques sur la ligne de marche. Depuis que nos effectifs s'étaient accrus, nous avions de plus en plus de difficultés à trouver preneur. « Deux, c'est de la compagnie, trois c'est trop. » C'est encore plus vrai sur la route que dans un salon. Pourtant, nous étions décidés à ne pas nous séparer, dussions-nous aller en Floride à pied. Mais ce soir-là, entre Fredericksburg et Spotsylvania Courthouse, nous fîmes quelques entorses à nos bonnes résolutions. C'est ce jour-là que nous avons marché le plus et, pourtant, ce fut extraordinaire. Six kilomètres dans un clair de lune serein, à chanter, à plaisanter et à fumer la pipe dans la plus profonde béatitude. Enfin, vers neuf heures et demie, alors que nous venions de prendre la décision de dormir à la belle étoile, une bagnole s'arrêta pour nous prendre. Vers minuit, nous étions arrivés à Richmond.

Et le temps passa. Une succession de journées remplies de spectacles toujours nouveaux, d'expériences enrichissantes et de multiples types d'humanité. Tout marchait comme sur des roulettes, exactement comme nous l'avions prévu. Mais, à Petersburg, on décida de procéder différemment. Peut-être pourrait-on gagner du temps en se séparant et en partant chacun de son côté ? On mit rapidement au point un itinéraire, en s'accordant pour se retrouver à certains endroits de la route. Si un soir l'un de nous trois ne pouvait y être, il devrait laisser un mot au bureau du télégraphe de la ville pour indiquer sa prochaine destination. Ce soir-là vit le premier à Oxford (Caroline du Nord), le second à

Durham et le troisième à Raleigh. Le lendemain, on se retrouva tous les trois à Charlotte. On se rencontra par hasard dans les rues de la ville, moins d'une heure après notre arrivée — coïncidence tout à fait extraordinaire. Le lendemain, on se sépara de nouveau.

En Caroline du Sud, celui qui était en tête fut pris par une voiture de New York (c'était la première fois que cela arrivait) et le conducteur se révéla être le roi des chic types. Sur son volant était accroché un gros étui d'où dépassait un méchant revolver. Avant la fin de la journée, paraît-il, ils étaient tous les deux copains comme cochons. Le New-Yorkais l'invita au restaurant, au théâtre et lui paya une chambre d'hôtel. Le soir, comme pour mettre son nouvel ami à l'épreuve, le type partit dans la salle de bains en laissant sur la commode une liasse de billets et son revolver. Retrouvant le tout intact, il se confondit en excuses auprès de notre camarade pour avoir employé des ruses aussi enfantines.

Heureusement pour lui, notre copain alla ainsi jusqu'en Géorgie. Mais là, les difficultés commencèrent. En disant adieu à son généreux automobiliste, il se rendit subitement compte qu'il se trouvait en pays étranger. Dans la rue, les gosses lui couraient après en se moquant de son accoutrement et de son accent. Étant donné qu'il avait le parler de New York, on le prenait pour un juif et les juifs, ainsi que les catholiques, sont *persona non grata* en Géorgie.

Tout remonté par la chance qu'il avait eue jusque-là, il avait laissé des messages sur sa route, annonçant qu'il nous retrouverait à Jacksonville et qu'il nous y précéderait de quarante-huit heures. De notre côté, nous avions eu un coup de veine en Caroline du Sud, nous aussi.

La lecture de ses billets fréquents et allègres nous avait piqués au vif. Un soir, à Spartanburg (Caroline du Sud), nous autres de l'arrière, nous nous étions rejoints et nous avions projeté de partir dès l'aube, sur les chapeaux de roue. Nous dépasserions cet arrogant avaleur de kilomètres, quand bien même il faudrait réquisitionner une Rolls-Royce. Soit dit en passant, il faut bien se souvenir que nous n'empruntions que très rarement des voitures bon marché. Bien que les nordistes ne se soient jamais arrêtés pour nous prendre, nous avions trouvé une foule de messieurs sudistes issus des professions libérales et de la classe moyenne qui n'étaient que trop heureux d'avoir de la compagnie pendant un assommant voyage d'affaires. Aussi, malgré l'inconvénient d'avancer par petits bonds, contrairement à « l'express Fleur d'Oranger » emprunté par notre ami, nous ne traînions pas non plus. Les voitures neuves étaient la seule chose qui pouvait nous retarder, car elles étaient limitées à trente kilomètres à l'heure. Mais ce fut bien notre malchance de tomber sur près de six Chrysler sortant de l'usine entre le nord et le sud de la Caroline.

Le matin que nous avions choisi pour partir de bonne heure se révéla peu engageant. Pour la première fois de tout notre voyage, il pleuvait des cordes. Mais il en fallait plus pour nous arrêter. Après avoir profité de la voiture d'un ouvrier pendant quelques kilomètres, nous allâmes nous poster dans une station d'essence où nous attendîmes un temps qui nous sembla une éternité qu'une voiture adéquate se présente. Soudain, nous aperçûmes une automobile arrivant sur nous à toute allure. Nous cherchions une voiture rapide, aussi voulions-nous avoir celle-là à tout prix. Courant nous poster sur la route glissante, nous nous mîmes à faire des signaux. Naturellement intrigué, le conducteur s'arrêta exactement là où nous le souhaitions. Nous lui annonçâmes la couleur. Il parut pousser un soupir de soulagement. « Bon, je vais à Tampa. Vous pouvez rester avec moi jusqu'au bout, si vous voulez. » Lorsque nous fûmes montés, il mit pleins gaz et fonça à mort vers sa destination. Au bout d'un certain temps, nous commençâmes à nous étonner de cette hâte. Il avait un coupé Ford dernier modèle (nous n'y étions guère à l'aise, à trois) et il semblait le manœuvrer sans aucun ménagement. Il nous déclara qu'après avoir passé la frontière de la Géorgie, il nous donnerait des explications. Suspectant une sombre histoire de contrebande, on ne lui posa aucune question.

Une fois rendus sains et saufs de l'autre côté de la frontière, notre ami se confessa : « Vous savez, les gars, que vous avez bien failli ramasser des coups de revolver, là-bas, en Caroline du Sud ? » « Non, nous n'avions rien remarqué », haletâmes-nous. Ce n'était guère que la troisième fois qu'on avait manqué nous tirer dessus depuis que nous avions quitté l'île de Manhattan.

« J'ai été à deux doigts de le faire, jusqu'à la dernière seconde, poursuivit-il. Quand je vous ai vu faire des signes, j'ai hésité entre vous renverser ou tirer. Qu'est-ce qui m'a retenu ? Mystère. Le shérif me recherche. La semaine dernière, je me suis bagarré avec un copain parce qu'il avait essayé de s'enfuir avec ma voiture. Je lui ai tapé dessus tellement fort avec une clef anglaise qu'il en a eu le crâne fracturé en trois endroits. Hier, j'ai appris qu'il était mort à l'hôpital et, maintenant, je suis recherché pour meurtre. Mais je n'ai pas envie de passer en jugement en Caroline du Nord, où j'habite. Je sais ce qu'il faut faire. Je vais aller me planquer à Tampa chez mes parents. Ma femme et mon gosse me suivent dans une autre voiture. Si quelqu'un cherche à m'arrêter, je lui tirerai dessus. »

Il se fit un léger froid pendant quelques secondes, jusqu'à ce que notre chauffeur reprenne : « J'imagine, les gars, que vous n'avez pas beaucoup d'argent, hein ? » Nous ne savions pas trop s'il fallait répondre oui ou non. « Bon, pas la peine de vous faire du souci tant que vous serez dans ma tire, lança-t-il immédiatement. Je vais m'occuper de vous. » Et il tint parole. C'était un chic type. Il était impossible de rencontrer un gars plus calme, plus modeste et plus gentil sur une route lointaine et solitaire. Il nous paya des repas, des cigarettes et des bonbons. Il régla les chambres d'hôtel et nous rendit la vie aussi agréable qu'il lui était possible. En arrivant à Jacksonville, il tira deux costumes et un pardessus de l'arrière de son coupé, les mit au clou et nous donna un billet de cinq dollars. Ensuite, il nous souhaita bonne chance et nous dit adieu. C'était l'assassin le plus sympathique que j'aie jamais connu !

Grâce à ce malencontreux incident, dirai-je, nous arrivâmes à Jacksonville vingt-quatre heures avant notre prétentieux compère. Il rappliqua enfin dans une camionnette branlante qui menaçait à chaque instant de s'écrouler. Cette fois encore, on s'était rencontrés par hasard dans la grand-rue. Il était bleu de froid et tout raide à cause de la position dans laquelle il avait traversé la Géorgie. Pour lui, ce pays était un cauchemar, il avait déjà oublié sa chance des jours précédents. C'est comme ça, dans la vie. Le souvenir d'une seule déconvenue est plus fort que celui de toute une période de bonheur et de bien-être. Il n'y avait qu'un point sur lequel nous étions en parfait accord : Jacksonville n'était pas la merveilleuse cité de nos rêves. La circulation très dense, les tramways bruyants (avec leurs avertisseurs pareils à ceux des ambulances), la foule qui envahissait les trottoirs, la multitude de boutiques et de restaurants, tout contribuait à nous rappeler ce que nous voulions tant oublier. C'était la folie de Manhattan en miniature. En vain cherchions-nous des restes de la splendeur mauresque, des signes de cette Riviera américaine, de cette somptueuse réplique de la Méditerranée, dont nous avions tant entendu parler. C'est vrai, la véritable Floride était encore plus au sud, mais Saint Augustine, la plus ancienne ville des États-Unis, n'était qu'à soixante kilomètres (tout comme Winchester). Cependant, ici, il arrivait qu'il fasse froid, l'activité n'était pas ralentie par le climat et nous découvrions partout cette agitation fébrile qui nous faisait horreur. Sur notre route, une personne sur deux était allée en Floride ou y avait un ami qui en revenait. Jamais nous n'entendions parler de quelqu'un qui y fût resté. Tout le monde y allait, pour faire comme le voisin, pour voir ce qu'il en était. Mais un mois plus tard, ou moins encore, les gens revenaient, plus tristes, mais plus avertis. Tel était le sempiternel refrain.

En raison de cette déplorable propagande, nous avions reconsidéré notre intention première de filer directement sur Miami. Certains nous avaient même dit qu'il était impossible de trouver à se loger à moins de quinze kilomètres de la ville. D'autres affirmaient qu'on s'exposait à être fouillé par le shérif et que si on était pris à avoir peu ou pas d'argent, c'était le violon — ou le demi-tour immédiat. Quand on avait la chance de trouver une chambre, il fallait s'attendre à débourser dix à quinze dollars pour la semaine et, naturellement, on risquait de la partager avec une demi-douzaine d'inconnus. À Miami, un repas correct coûtait un dollar, tout le monde était d'accord là-dessus. Il semblait que les pièces d'un demi-dollar étaient les plus petites à avoir cours dans cette belle ville. Quant au travail, eh bien, il n'y en avait pas. Ce n'était pas du baratin : il n'y avait absolument rien. Pas même pour les maçons, les plâtriers ou les charpentiers. L'embargo avait arrêté la construction et, par conséquent, il n'y avait plus de travail. On trouvait dix candidats pour un seul emploi. Les gens vendaient leur voiture pour avoir de quoi retourner chez eux. Telle était la situation. Quand on était riche, ah, évidemment, c'était autre chose. « L'argent appelle l'argent. » La vieille rengaine. Mais si on était ouvrier, employé, ou artisan au bout du rouleau, homme de loi, écrivain, ou prêcheur, il fallait s'attendre à en baver.

Même un optimiste-né aurait certainement changé son fusil d'épaule sous cette avalanche de commentaires défavorables. Pour nous qui étions désormais sans le sou, ç'aurait été un suicide de s'entêter. Boom ou non, Jacksonville, au moins, était une ville prospère. Puisqu'il y avait déjà 200 000 habitants, il resterait bien une petite place pour trois citoyens ambitieux et affamés.

C'est alors que commença le combat désespéré pour avoir du travail, une croûte de pain, un lit pour la nuit, du linge propre et l'occasion de se débarbouiller et de se raser. C'est un combat qui est mené sans répit par d'innombrables individus sur tout le territoire de cet immense pays, mais pour nous qui avions connu une existence plus ou moins privilégiée dans une grande ville, il prenait des proportions effrayantes. Comble de malheur, nous avions très vite découvert qu'il existait une hostilité généralisée contre les nordistes, non seulement en raison d'une vague tradition sociale, mais surtout parce que ceux-ci représentaient des concurrents pleins d'agressivité, des rivaux sans scrupules, des éléments instables et perturbateurs. Avec l'afflux de cette nombreuse armée de travailleurs qualifiés et occasionnels se produisit l'habituel phénomène. Les salaires chutèrent et le prix des biens de consommation, de la nourriture, des loyers et des vêtements grimpa. Si, au début, les employeurs sudistes avaient bien accueilli l'arrivée de la main-d'œuvre nordiste (qu'ils pouvaient mettre à la porte à leur gré), ils eurent tôt fait de la déplorer, car, s'ils étaient parvenus à faire baisser les salaires, il s'était produit une chose qu'ils n'avaient pas prévue : ces hordes de travailleurs migrants, indifférents, aventureux et paresseux partaient en laissant une situation extrêmement instable et communiquaient leur mécontentement aux employés permanents.

Dans les agences de placement et dans les « Y[1] », vers lesquels on se tourne tout naturellement en pareil cas, on se montrait catégorique : « On n'embauche pas de nordistes ; on ne prend que les gens du pays. » Après avoir abandonné les petites annonces et les bureaux de placement (ainsi que la chambre de commerce), nous nous mîmes à quadriller systématiquement la ville pour notre propre compte. Nous jetions notre dévolu sur une rue et nous la parcourions du début à la fin, en proposant nos services comme employé, concierge, plongeur, serveur, garçon d'hôtel, dactylo, vendeur, laveur de voitures, distributeur de sodas et que sais-je encore. On s'attaqua aux grands magasins, aux compagnies de navigation et d'autocars, aux messageries, aux usines d'automobiles, aux sociétés immobilières, aux journaux et aux garages. Nous avions même posé notre candidature pour creuser des fossés, poser des égouts, n'importe quoi. Mais comme toujours on ne voulait que « des personnes expérimentées ». Pas moyen de circonvenir la vieille Dame Expérience. Rien ne marchait. Par conséquent, il y avait des jours où nous finissions par ne même plus y penser. Comme nos campagnes de mendicité ne nous assuraient qu'une maigre pitance, nous avions appris l'art d'extorquer un petit quelque chose à manger aux patrons d'un

1. Y : abréviation de Y.M.C.A. (Young Men's Christian Association).

restaurant grec. Généralement, nous parvenions à mendier, à voler suffisamment d'argent pour continuer à loger dans le bateau-hôtel *Floridan* ancré au bas de la grand-rue. Un soir, au cours d'une conversation à bâtons rompus avec le propriétaire de ce bateau de pêche transformé, il me demanda quels diplômes je possédais. « Licencié ès lettres de l'université de Columbia », répondis-je avec entrain. « Formidable, répliqua-t-il, moi je suis docteur ès lettres de l'université de Toronto », et sur ce, il commença à me bassiner les tympans avec les auteurs grecs et latins qui « lui manquaient affreusement à moisir jour et nuit sur cette foutue péniche ». À ses yeux, Virgile était « tout simplement merveilleux » et « Xénophon un grand bonhomme ». Je tentai de lui faire oublier son amour pour les classiques, ne fût-ce qu'à cause des deux autres clochards (car c'était bien ce que nous étions devenus) qui grelottaient dans la pénombre à l'autre bout du quai. Nous avions trois bonnes raisons de choisir cette auberge. Il y avait des douches, c'était propre et les draps étaient neufs. Il est vrai qu'il fallait partager sa chambre, mais on avait toute l'intimité que peuvent offrir des couchettes surperposées dans un wagon-lit. Pour un dollar, c'était à notre avis l'endroit le plus propre de toute la chrétienté. Ainsi, en simulant un grand amour pour les auteurs classiques, je lui arrachai cette précieuse consigne. Se tournant vers Jones, le gérant du *Floridan*, il décréta : « Jones, veillez à ce que ces jeunes gens aient toujours une chambre, qu'ils aient de quoi payer ou non. On ne doit pas laisser souffrir les hommes de caractère ! »

« Ouais, ouais », marmonna Jones en tournant les talons. Deux jours plus tard, nous, hommes de caractère, nous vîmes refuser l'accès de nos chambres. On nous flanquait proprement à la porte ! Tout cela parce que l'un de nous s'était copieusement imbibé la nuit précédente. Le pauvre, il l'avait fait uniquement pour se montrer sociable ; il était en train d'essayer de s'introduire dans un grand journal de la ville et les journalistes avaient organisé une réunion amicale dans l'un de leurs bureaux qui avait duré toute la nuit. Mais l'odeur de l'alcool et l'heure inusitée avaient suffi pour ternir notre bonne réputation. À nouveau, nous nous retrouvions sur le pavé et il ne nous restait plus qu'à « trouver une figure amie », comme dit la chansonnette.

En attendant, pendant la journée, la vaste salle d'attente de l'« Y » nous offrait un endroit très confortable pour y faire un somme. On avait le droit de fumer ; placés aux points stratégiques, les crachoirs reluisaient gaiement et les pauvres types comme nous pouvaient somnoler à leur aise dans les grandes chaises longues installées devant de vastes fenêtres. Un ou deux individus privilégiés avaient eu l'audace de s'approprier un immense divan et, après avoir mis des journaux à la tête et aux pieds, ils s'y étaient étendus de tout leur long pour faire la sieste.

Devant cela, nous ne ressentions plus aucun scrupule à utiliser l'« Y » comme salon. À midi, surtout, il faisait trop chaud pour rester dans le parc.

Le directeur pédagogique de l'« Y » était un vrai gentilhomme du Mississippi ; il avait quelque chose d'accommodant et de complaisant. Il lui manquait ce côté intransigeant qui est généralement le fait des spécialistes de la moralité. Je crois qu'il était sincèrement désolé pour nous. Un jour, je lui montrai le manuscrit d'un livre que j'avais écrit. Ce fut le « Sésame, ouvre-toi ». Voilà qu'à nouveau nous étions des hommes de caractère ; il fallait faire quelque chose pour nous tirer de l'ornière. Il découvrit rapidement qu'on avait besoin de quelques personnes pour coller des affiches dans toute la ville et ses environs — de grandes affiches, c'était, annonçant l'ouverture d'un cours de topographie. Il nous offrit à chacun 3,5 dollars par jour et nous fîmes en sorte de faire durer ce travail pendant trois jours.

Un petit détail le rendra à jamais cher à mon cœur : il nous donnait toujours une petite avance. Par inadvertance, le troisième jour, il nous fit défaut — précisément lorsque nous en avions le plus besoin. En cette radieuse matinée du troisième jour, donc, le soleil se leva comme à l'accoutumée. Devant l'« Y », une automobile nous attendait pour nous conduire dans les environs de la ville. Nous avions l'impression qu'on nous emmenait sur la frontière de la Géorgie — tant la vivacité de l'air avait aiguisé nos appétits. Lorsque nous fûmes arrivés à la limite des arbres, à l'endroit où ils sont mangés par la mousse, on nous débarqua en nous enjoignant de revenir à pied jusqu'aux portes de la ville, tout en placardant des affiches partout où nous passions. Notre premier mouvement avait été d'en détruire une centaine et de rentrer en stop en ville, où il y avait possibilité de trouver de quoi manger. Mais, par reconnaissance envers le vieux bonhomme, nous fîmes notre travail et parcourûmes ces quinze kilomètres l'estomac dans les talons.

Lorsque ce boulot prit fin — ce qui advint avant même que nous ayons eu le temps de réaliser —, nous nous retrouvâmes exactement au même point que trois jours avant. Nous n'avions pas mis un seul cent de côté. On s'était payé quelques bons gueuletons. On avait également acheté des lames de rasoir afin d'échapper aux avanies de l'École de Coiffure où on lève la capitation a. par des séances qui durent une heure pour un simple rasage ; b. par des serviettes qui ne sont jamais changées avant midi ; c. par des mouches qui font des bonds réguliers du crachoir au bout de votre nez et d. par des mains pesantes qui vous étouffent de tendresse. Un jour, j'y ai rencontré un type du Tennessee qui m'a dit avoir beaucoup apprécié sa matinée à l'École. Toutes ces simagrées et toute cette ébullition autour de sa personne lui avaient donné un sentiment d'importance. Comme il n'avait rien à faire, le temps ne comptait pas pour lui. Quand il accomplissait ses visites périodiques à l'École, il demandait toujours le grand jeu : rasage, coupe de cheveux (dégradée), shampooing, massage, serviettes chaudes et ablation des points noirs et petits boutons. Si on lui demandait cinq heures de sa journée, il les donnait de grand cœur. Je pense que, dans son cas, s'ajoutait le sentiment de contribuer à parfaire l'éducation d'autrui.

Ce matin-là, après trois ou quatre heures de travail, se reposa l'habituel problème : manger. Des repas réguliers (il n'y avait qu'un clochard pour leur donner ce nom) nous avaient, pour ainsi dire, déréglés. Il existe un entraînement au jeûne ; lorsque quelques repas viennent interrompre un régime de famine, l'estomac vous le fait savoir très nettement. Vers la tombée de la nuit, poussés à l'imprudence par le besoin de se remplir la panse, nous décidâmes d'aller dans une rôtisserie que nous nous rappelions vaguement avoir repérée la veille en posant nos affiches. Nous évoquions avec délices l'amabilité du patron, mais malheureusement nous avions oublié l'endroit précis. L'estomac vide, nous refîmes en sens inverse le chemin que nous avions parcouru la veille, en comptant les kilomètres au fur et à mesure. Nous marchions à la manière des Indiens, la tête baissée et les épaules tombantes. Cette marche inaccoutumée avait fait enfler nos pieds et nous étions forcés de nous arrêter de temps en temps pour ajuster nos souliers. Il faisait nuit noire et nous étions sortis des limites de la ville. Harcelés par les phares mordants des voitures, nous trébuchions en aveugles sur le bord de la route. Finalement, en reconnaissant notre point de départ de la veille, nous comprîmes qu'ou bien nous avions manqué la rôtisserie, ou bien nous nous étions trompés de chemin. Nous nous assîmes à la tête d'un pont, aussi affligés que peuvent l'être deux pauvres mortels. Nous étions trop effondrés pour parler et nous communiquions par grognements monosyllabiques. Après avoir lanterné une bonne heure, nous nous préparions à repartir à pinces, lorsque à notre grande surprise une voiture s'arrêta. La conversation rituelle s'engagea et mon ami laissa échapper que nous étions en quête d'une rôtisserie. Je savais qu'il cherchait une entrée en matière pour mettre la question de la bouffe sur le tapis. Mais, à notre grand étonnement, le conducteur sourit d'un air entendu et déclara qu'il savait ce que nous cherchions. « Je sais ce que vous faites », ne cessait-il de répéter en décochant des clins d'œil complices à sa femme.

Nous nous lancions des regards déconcertés. « Mais qu'est-ce que nous cherchons ? qu'est-ce que nous faisons ? » balbutia mon copain en désespoir de cause. Ces paroles vinrent tout éclaircir. « Eh bien, vous êtes du fisc. Ça se voit bien », déclara notre automobiliste, tout fier de sa perspicacité. Pour le coup, on faillit bien dégringoler du marchepied. C'était en effet une erreur très flatteuse, mais cela ne nous avançait guère sur le plan de notre fringale. Il nous fallait jouer le jeu jusqu'au bout si nous voulions sauver la face. Heureusement, de *notre* point de vue, un des pneus arrière creva et on profita de l'occasion pour prendre congé et chercher un autre véhicule.

On ne trouva pas de voiture, mais on tomba sur une boulangerie. C'était une importante fabrique. À l'intérieur, on voyait de grands plateaux remplis de beignets, de gâteaux, de tartes et autres douceurs. Je me dirigeai vers la porte de service et demandai la permission de parler au patron. Il s'avéra qu'il n'était pas là, mais plusieurs ouvriers m'avaient entendu et ils ne demandèrent pas mieux que de me remplir les poches de tout un assortiment de bonnes choses. Regonflés par ce coup de veine inespéré, nous parcourûmes les kilomètres suivants dans l'euphorie. Soudain, nous aperçûmes une autre boulangerie, également en plein travail. Cette fois, ce fut mon ami qui tenta son coup d'esbroufe mendicitaire, afin de « faire le plein pour le petit déjeuner », comme il le disait. Il revint avec deux grands sacs pleins et une invitation à renouveler notre visite le lendemain. Le mec qui jouait le Père Noël avait été dans la même situation que nous quelques semaines auparavant, alors qu'il arrivait du nord. En ce qui le concernait, nous pouvions venir nous gaver tous les soirs, du moment que son patron n'était pas au courant. Cette nuit-là (ou plutôt ce matin-là), on avait décidé de dormir sur un banc du jardin public avec des journaux en guise de draps. Au moment où on s'installait, la pluie commença à tomber. On se releva, les membres raides et endoloris et on se mit à déambuler sans but. À l'entrée du parc, un flic vint à notre rencontre et nous demanda ce que nous faisions. On lui déballa tous nos soucis avec la plus grande franchise. « Allez au poste de police, nous dit-il, et demandez au lieutenant de vous laisser dormir dans la salle d'audience. En tout cas, vous y serez au sec. Toutes les nuits, il y a du monde. » Nous le remerciâmes de son conseil et partîmes à pied en direction de la « salle d'audience ». Pas de difficultés pour entrer ; on ne nous fit pas la moindre objection, bien que les deux gros paquets de gâteaux eussent donné lieu à quelques commentaires.

On s'engagea dans le couloir qui menait à notre refuge. Après avoir ouvert une énorme porte, on se retrouva dans une obscurité méphitique. Des toux et des grognements d'ombres sorties tout droit des Enfers. Une forme prostrée nous fit trébucher. Une épaisse volée de jurons s'abattit sur nous. Des profondeurs des ténèbres, un fantôme couvert d'une infinité de journaux s'approcha de nous et nous demanda une cigarette. On se fouilla pour en trouver une et, en tâtonnant, on parvint à la placer dans une paume moite. Nous vîmes la braise s'éloigner en flottant, puis sombrer à terre dans un froissement de papier. Après avoir un peu fureté parmi ces cadavres ronflants, emmitouflés dans des capitons de journaux, on finit par dénicher un banc libre où l'on se jeta tête-bêche, comme on dit en jargon philatélique, et on se prépara à en écraser. Mais, au bout de quelques minutes, nous étions à nouveau debout. C'était insupportable. Peu nous importaient le banc, les formes enveloppées qui nous rappelaient la morgue, et même la froide humidité de ce lieu — mais l'odeur ! Mon Dieu, quelle puanteur ! C'était effrayant. Pas une seule fenêtre ouverte pour aérer une salle occupée par cinquante types endormis qui n'avaient pas pris de bain depuis je ne sais combien de temps. Ils avaient presque tous ôté leurs chaussures. On aurait dit qu'on avait levé le couvercle d'une poubelle par une chaude journée d'août et en plein midi. Si atroce, c'était, qu'on faillit bien vomir. On s'esquiva le plus discrètement possible. La pluie, au moins, était propre et sentait bon. Le policier de service ne nous posa aucune question. Il resta muré dans une indifférence totale. Il était sans doute trop préoccupé par ses soucis personnels pour s'enquérir de notre santé. Il nous aurait certainement ri au nez si nous lui avions parlé d'un problème aussi insignifiant que l'aération. Il nous aurait fait des remarques facétieuses au sujet des « clochards qui font les difficiles ». Nous étions donc encore une fois à la rue et nous reprîmes notre marche. En tout, nous avions bien fait quatre-vingts kilomètres dans ces dernières vingt-quatre heures.

Au bout d'un temps infini, lorsque enfin les gens sortirent de leurs maisons douillettes pour aller travailler, nos pensées volèrent tout naturellement vers la question du petit déjeuner et du TRAVAIL. C'étaient nos deux idées fixes. Le petit déjeuner, nous l'avions, mais nous répugnions à le consommer en public et la pensée du lieu où nous l'avions traîné nous dégoûtait tellement que nous le jetâmes dans le caniveau. Prenant notre courage à deux mains, nous pénétrâmes dans un restaurant grec pour quémander un morceau. Autour de la magnifique tasse de café qui nous fut accordée sans difficulté, nous nous mîmes à ourdir quelques brillants projets. Les idées foisonnent toujours quand les sens sont apaisés. On dit que nécessité est mère d'industrie, mais ventre plein fait merveille. Il restait le troisième compère. Nos déboires lui avaient été épargnés. Un soir, peu après minuit, l'idée lui était venue d'aborder un gardien assermenté. Il avait bien mangé (derrière notre dos) et il était prêt pour la grande aventure. En voyant cette silhouette solitaire entrer et sortir des portes cochères, il imagina soudain de s'en remettre à sa bonté. Il commença par lui raconter qu'il était en route pour le bord du fleuve et qu'il voulait s'y jeter pour en finir. Cette histoire archi-usée sut tout de même émouvoir le brave homme. « Happy », c'était son nom. « Happy » était un retraité attendrissant, employé par la commune pour patrouiller dans les immeubles des quartiers mal famés. « Happy » invita notre ami à se joindre à lui pendant quelques heures en lui assignant un côté de la rue, tandis que lui-même s'occupait de l'autre. De temps en temps, ils se rencontraient à un coin de rue et bavardaient un brin. « Happy » avait neuf enfants et une épouse malade. Il avait toutes les raisons de se suicider, mais sa foi en la divinité et en la bonté du maire de Jacksonville le soutenait. Il insista pour que notre copain aille trouver le maire dès le lendemain. « Dites-lui simplement : "Happy" m'envoie, et il s'occupera de vous. » Notre camarade suivit ce conseil et alla rendre visite au maire. Et voilà ! Un emploi lui fut accordé immédiatement. Le service de nettoyage municipal ajouta une recrue supplémentaire au nombre de ses effectifs et « Happy » fit une place à ce pensionnaire vedette dans sa maisonnée déjà surpeuplée.

Quant à nous, nous avions l'intention de mettre immédiatement nos brillantes idées à exécution. Pourquoi ne pas essayer le prêtre catholique ? Il y avait de l'Irlandais en nous ; c'était un bon tuyau. Nous nous précipitâmes à l'église. C'était un beau bâtiment, avec un grand presbytère mitoyen et des pelouses bien entretenues tout autour. Nos espérances décuplèrent au moment même où nous sonnâmes à la porte. Le brave père n'était pas là ; il devait rentrer dans la soirée. En attendant, nous partîmes chercher du travail — sans succès, comme à l'ordinaire. Vers le soir, épuisés et les pieds endoloris, on s'achemina vers l'église. Cette fois, le père était chez lui, mais sa domestique nous demanda de revenir plus tard — « pour l'instant, il est occupé ». Comme nous repartions tristement, nous remarquâmes une superbe limousine arrêtée dans l'allée. À l'intérieur, un gros prêtre fumait un énorme cigare. Il semblait être dans cet état post-dînatoire où l'on prend plaisir à fumer un havane et peut-être à faire une petite balade en voiture. C'est alors que le sang irlandais de mon ami se réveilla. Il courut vers l'automobile, craignant qu'elle ne démarre avant qu'il ne soit à portée de voix. Elle se mit effectivement à rouler vers le trottoir, mais pas brusquement. En voyant que le prêtre était sorti prendre l'air et qu'il avait tout son temps, mon copain sauta sur le marchepied et commença à débiter sa petite histoire. L'observant du coin de l'œil, je me rendais bien compte que le brave curé s'énervait. Je maudissais intérieurement Ned de tourner autour du pot. Au fait, mon vieux, ne cessais-je de marmonner. Mais Ned se conduisait comme quelqu'un qui est sûr de son affaire. Il sous-estimait l'adversaire ; il se laissait aller à une éloquence bon marché et, comme on dit vulgairement, il en faisait des tonnes. Dieu sait pourtant que la vérité sans fard aurait été largement suffisante. Notre histoire n'avait pas besoin d'être enjolivée. Notre malheur éclatait dans nos yeux, nos joues creuses, nos barbes embroussaillées et nos chaussures trouées. Le prêtre garda la tête levée pendant toute la conversation, comme s'il contemplait un chérubin dans le ciel. Il jouait même distraitement avec son cigare et chassait la fumée d'un côté à l'autre de la voiture d'un air bonhomme. Parfois, me semblait-il, il la soufflait délibérément dans la figure de Ned comme pour lui dire : « Allons, prenez toujours cette bouffée et taisez-vous, voulez-vous ! » Mais toujours avec un air de politesse joviale.

Finalement, il posa le pied sur l'accélérateur et la voiture démarra, laissant Ned immobile, comme quelqu'un qui a une apparition. Je me souviens d'avoir remarqué cette même expression sur un portrait de Jeanne d'Arc, dans un musée.

« Alors, vieille branche ? lui demandai-je d'une voix enjouée.

– Il prétend qu'il est seulement de passage ici.

– Ah bon, et il a mis tout ce temps pour te dire ça ?

– Oh, il s'en fout éperdument. Il dit qu'il doit déjà s'occuper de sa propre paroisse et de toute une armée de bouches affamées. Nous conseille d'aller demander du travail aux journaux. On cherche des jeunes gens brillants qui savent écrire.

– Je vois », dis-je ; mais en réalité je ne voyais pas plus que Ned.

« Bon, on ira essayer l'autre bonhomme dans la maison quand il en aura terminé avec ses occupations, grogna Ned. Ne bougeons pas d'ici ; il risque de nous échapper si nous partons. »

On resta donc plantés devant le presbytère pendant une heure et demie. On lui laissa tout le temps, puis on retourna sonner. Une jeune fille, avec un air d'orpheline, nous fit entrer dans une pièce encombrée d'images pieuses, d'idoles dorées et de textes illustrés tirés de la Bible.

Ned avait accepté de jouer le rôle de porte-parole, en vertu de son nom irlandais. Quelques minutes plus tard, notre hôte arriva. Un moine au visage maigre, sec et caustique. Une lueur de franche hostilité brillait dans ses yeux. Il n'essayait même pas de sourire. S'il avait fait la moindre tentative, son sourire se serait gelé. Ned s'embarqua en bafouillant dans un récitatif mal préparé, tandis que j'offrais quelques prières silencieuses pour le succès de notre entreprise. Mais nous étions devant un mur de béton. Ned n'eut même pas la possibilité d'achever sa harangue. Dès qu'il eut compris de quoi il retournait, ce qui ne lui prit que deux minutes, ce Savonarole fit un geste péremptoire en direction de la porte.

« Sortez, s'il vous plaît. Je ne peux rien faire pour vous. Il y a déjà beaucoup trop de gens de votre espèce dans cette ville. »

Nous tentâmes quelques protestations.

« Ça ne change rien. Ce n'est pas que je ne vous croie pas, voyez-vous. Sortez immédiatement. J'en ai déjà vu trois comme vous ce matin. Allons, fichez-moi le camp d'ici ! »

Pourquoi n'avons-nous pas étranglé ce rat scrofuleux ? Je n'en sais rien. J'étais en proie à une fureur indicible. Je mis mon pied dans l'entrebâillement de la porte, bien décidé à laisser éclater ma rancœur, mais Ned me tira par le bras. « Laisse tomber, vieux, tu veux te faire pincer et te faire chasser de la ville ? » Mon bon sens me disait qu'on ne pouvait pas se mettre sur les bras une agression contre un prêtre sans défense, mais — ah, aujourd'hui encore, je serais capable de le tailler en pièces et de le jeter en pâture aux chiens. Je ne savais pas que les gens pouvaient faire preuve d'une telle méchanceté. Au nom de tout ce qui est sacré, si un prêtre peut se conduire de la sorte, qu'attendre de ses ouailles ?

Sous le coup de notre colère aveugle, nous nous mîmes à argumenter. J'affirmai à Ned qu'un juif nous aurait mieux traités. Je pariai un bon repas que j'irais dans la synagogue la plus proche, que j'y recevrais un bon accueil, et peut-être de quoi manger ainsi que du travail… Sur les marches d'un édifice imposant, un groupe de commerçants prospères nous salua cordialement. Le service venait de commencer. La musique était excellente. Une chorale mixte interprétait de vieilles mélodies hébraïques que je reconnus grâce à mes disques de

Sirota, le grand chanteur yiddish. Le sermon fut bien plat ; il fallait s'y attendre de la part d'un adepte de la conception matérialiste de l'Histoire. Il manquait de feu spirituel, mais il résonnait pour nous comme le signe avant-coureur d'heureux événements. Nous attendions impatiemment que le rabbin mette la touche finale à son interminable « speil ». Dès que le service fut achevé, nous le saisîmes au passage. Je me préparais à gagner mon pari. J'avais décidé d'être bref, incisif et direct. « Nous sommes deux nordistes gagnés par la fièvre de l'or, sans argent, sans amis dans cette ville ; nous voudrions de quoi manger et dormir et aussi un travail, si vous pouvez nous aider à en trouver un.

– C'est tout ? » demanda-t-il timidement. Je le lui assurai. Sans plus de manières, il nous confia entre les mains d'une femme et nous quitta. Celle-ci procéda à une courte et méthodique enquête. Ses yeux nous fixaient avec une certaine incrédulité pendant que nous lui parlions de notre passé et de nos attaches. « Vous ne savez donc pas que vous auriez dû vous adresser à l'Armée du Salut ? nous demanda-t-elle, tout net. C'est elle qui s'occupe des gentils, voyez-vous. » Je lui expliquai que nous n'avions pas encore procédé à une étude sur les œuvres charitables, mais qu'avec un peu de temps et d'expérience, nous espérions ne plus faire d'erreurs aussi grossières et devenir de vrais professionnels. Elle ne releva pas notre remarque et elle se mit à écrire quelque chose sur une petite carte de visite. « Donnez ça à l'Armée du Salut et vous aurez ce que vous demandez. » Sans bouger d'où je me trouvais, je lus la carte. Elle disait : « Veuillez donner à ces deux jeunes gens une chambre pour la nuit et envoyez-nous la note. »

« Excusez-moi, suggérai-je, mais ça ne vous ennuierait pas d'ajouter que nous voudrions aussi manger ? » Elle ne fit aucune difficulté. Regriffonnages. Je relus la carte. Elle y avait ajouté une note : « Un repas, également. »

« Excusez-moi encore, insistai-je, mais nous sommes deux, vous voyez bien. Ça ne vous ennuierait pas de mettre deux repas au lieu d'un ? » Elle reprit la carte, barra le un et inscrivit un deux. Je la remerciai sans trop d'effusion et nous écartâmes les gens au visage rose qui se congratulaient devant la porte. Nous partîmes à la recherche des bâtiments de l'Armée du Salut. Il était près de minuit. Quelques personnes jouaient aux échecs sous une aveuglante lumière électrique. Tout à coup, l'employé regarda la pendule fixée au mur et remarqua qu'il était tard. Sans un mot d'avertissement, il éteignit la lumière. Les joueurs ramassèrent les pièces en silence et gagnèrent leurs chambres. Aussi réglementaire que les bibliothèques publiques, pensai-je. Pas de place pour les douceurs des relations sociales. Joli coin pour passer l'hiver.

« Quelle idée de vous avoir envoyés ici, grommela notre pointilleux cerbère. On est plein depuis des mois. Nous n'avons que des pensionnaires fixes. Plein pour l'hiver, oui, monsieur. Pas un lit de disponible. » On lui demanda s'il connaissait un autre endroit où nous pourrions nous réfugier. « Non. Trop occupé ici pour penser aux autres endroits. Plein d'hôtels dans la grand-rue. Essayez-les. » On lui rappela aussi aimablement que possible qu'on était à sec et que, par-dessus le marché, on avait faim. « Eh bien, la meilleure chose que vous puissiez faire, mes braves, c'est de retourner là d'où vous venez. » Telle fut sa réponse. Devant ce sage conseil, nous arborâmes un pâle sourire.

Ned intervint : « Pourriez-vous nous donner quelques cents au vu de cette carte ? Vous voyez, elle a écrit qu'ils paieraient la note.

– Peux pas, rétorqua prestement l'autre. Pas le droit de donner de l'argent. C'est pas une institution charitable. » Nous reprîmes alors la petite carte et la déchirâmes en menus morceaux que nous répandîmes par terre. Ce fut notre dernier geste de désespoir et de dégoût. Après cela, nous claquâmes la porte et nous retrouvâmes de nouveau sur le pavé. « Merde alors, est-ce qu'on va battre la semelle comme ça toute la nuit ? » maugréa Ned dans sa barbe.

Quelques minutes plus tard, nous étions devant la vitrine d'une bijouterie à fixer d'un œil vide des épis de fausses pierres. C'était une rue animée, mais un peu à l'écart des sentiers battus. Deux nanas un peu trop habillées nous rejoignirent sans y avoir été invitées et firent semblant de regarder les bijoux, elles aussi. Ned intervint aussitôt.

« Désolé, mes belles, vous perdez votre temps. On est complètement fauchés. »

Quelques ricanements vinrent lui répondre et elles s'éloignèrent, pathétiques et voyantes. On resta encore là quelques instants, sans savoir s'il fallait se féliciter de notre belle apparence ou maudire les tapineuses pour leur air à l'aise et bien nourri. En descendant la rue, nous vîmes d'autres femmes qui se livraient à la même activité, vêtues de la même façon tapageuse et babillant dans le même galimatias. Quelques rustres prenaient un vif plaisir à les asticoter. D'autres marchaient un moment en leur compagnie, discutant le prix. D'autres encore se laissaient piloter d'un air satisfait, à travers la foule, en direction d'un des nombreux hôtels borgnes du quartier.

Quelques heures plus tard, nous devions dormir dans l'un de ces bouges crasseux. Mais pour le moment, nous l'ignorions. Ce qui me tourmentait le plus, c'était de ne pas pouvoir fumer. Nonchalamment appuyés devant l'entrée d'un hôtel, nous étions en train d'épier un type très maigre en tenue d'ouvrier. Il prenait du tabac dans une boîte en fer et le mettait sur une feuille de papier à cigarette. Il avait une bonne tête, aussi on décida d'aller lui demander un peu de tabac pour notre pipe. Nous étions aussi pittoresques à ses yeux qu'il l'était aux nôtres. « D'où venez-vous ? » nous demanda-t-il d'un air débonnaire, tout en nous priant de garder la boîte de tabac. Quand nous lui eûmes appris que nous étions de New York, sa figure s'illumina. « J'ai bien l'intention d'y aller un jour, quand j'aurai un peu d'oseille. » Puis, il ajouta : « Dites, les gars ; vous voulez pas que je vous fasse faire un petit tour dans la ville ? » Par politesse, nous acceptâmes sa proposition. Ça vous remonte le moral de rencontrer un véritable être humain, de temps en temps, même si cela entraîne quelques pas supplémentaires.

Tout en se baladant dans le quartier réservé, ce solide montagnard nous donna quelques aperçus de sa vie de mineur. Il avait une femme et trois mioches quelque part dans les montagnes, dans un petit bourg perdu. Il ne les voyait que six mois par an, car il n'avait pas la possibilité de travailler davantage chez lui. Les mises à pied périodiques l'obligeaient à partir et à jouer des coudes s'il voulait subvenir aux besoins de sa famille. Aussi émigrait-il fréquemment, « à cheval sur le vent », comme il disait. Une saison le trouvait en Californie, une autre dans l'Oregon, une autre encore dans le Montana ou l'Iowa. Il sillonnait le continent d'un bout à l'autre pour trouver du travail. Quand nous l'avions rencontré, il venait de conclure un accord avec un tailleur juif pour lui procurer des travaux pressants ; pour cela, il faisait le tour des hôtels et des pensions. La semaine suivante, il serait peut-être embauché dans une équipe de travaux topographiques comme porte-mire. Il semblait capable de faire des centaines de métiers. La moitié de ce qu'il gagnait, il l'envoyait chez lui. Jamais il n'y manquait. Il lui arrivait parfois de ne pas avoir de toit sur la tête, ni de repas dans l'estomac, mais jamais il n'oubliait sa femme et ses petits. Au regard de ce tendre tableau et étant donné que je devais apprendre par la suite qu'il était entièrement fidèle à sa femme, ce que je vais dire risque de surprendre. Je crois que c'est surtout pour nous faire un plaisir particulier qu'il nous demanda soudain si nous ne voulions pas aller au bordel. Il savait que nous étions fauchés et il l'était aussi, mais un soir on l'y avait emmené et il semblait croire que ce serait une belle partie de rigolade pour nous tous d'y aller faire une petite inspection comme des fêtards en goguette. Nous acceptâmes de satisfaire son caprice, ne fût-ce que pour lui montrer que nous l'aimions bien et que nous appréciions sa nature accueillante. Et ainsi, fort perplexes sur ce que nous allions dire et faire, nous partîmes visiter ce sordide quartier réservé. Nous avons dû offrir un bien curieux spectacle à la madame et à ses pensionnaires dans la première maison où nous pénétrâmes. Néanmoins, on nous accueillit aimablement, comme si nous étions des clients. Ned et moi, nous nous sentions de plus en plus mal à l'aise et nous commencions à nous agiter, mais « Tennessee » allait et venait aussi tranquillement qu'un propriétaire qui fait visiter son domaine. Au bout de quelques minutes, on entendit un coup de gong et un essaim de filles poudrées, parfumées et habillées en robe du soir vint s'agglutiner autour de nous dans l'immense salon. Une forte odeur de bois de santal et d'encens emplissait l'air. La pièce était d'une propreté impeccable et assez bien décorée, mis à part un piano mécanique qui déparait un coin du salon.

« Alors, les enfants ? susurra une voix à l'accent de Brooklyn. Qu'est-ce que vous voulez boire ? » Ned et moi, nous pâlîmes.

« On prendra rien pour l'instant, fit Tennessee sur un ton traînant. Ces gars sont des amis de New York. On voudrait seulement jeter un coup d'œil, voir d'abord les maisons, quoi.

– Très bien. Alors, donnez-nous une pièce pour qu'on nourrisse le piano. On va danser un peu avant que vous partiez. »

Rougissant jusqu'aux oreilles et traînant les pieds comme un troupeau d'éléphants, nous parvînmes à nous échapper de la première maison. Il me sembla entendre une fille murmurer « Quels minables », au milieu d'un déluge d'insanités. En tout cas, au moment où nous allions sortir, la madame nous dit très nettement qu'il nous en coûterait cinquante dollars pour rentrer chez elle une seconde fois. En ce qui nous concernait, Ned et moi, nous trouvions que la comédie avait assez duré, mais Tennessee ne se lassait pas de cette bonne plaisanterie. Il prenait un plaisir extraordinaire à priver ces femmes d'une satisfaction anticipée. Par conséquent, on continua à sonner aux portes, à faire des signes étranges à la négresse qui, ordinairement, nous ouvrait, puis à inventer d'ingénieux prétextes à notre visite. On finit quand même par persuader notre cicérone de laisser tomber et, ensuite, on alla s'appuyer contre la grille d'une maison pour regarder entrer et sortir les clients, tout en discutant des conséquences des diverses maladies vénériennes qu'on est susceptible d'attraper dans de tels lieux. En nous quittant, Tennessee nous proposa de venir nous étendre sur le plancher de sa chambre, mais nous lui avions déjà trop d'obligations. Avant de nous dire adieu, il nous prit affectueusement par les épaules et tenta de nous donner quelques conseils pour nous tirer d'affaire.

« Si seulement j'avais le temps, les gars, je vous apprendrais à embobiner un rat d'égout. » Nous nous séparâmes sur ces paroles, non sans ressentir un grand respect et une profonde tendresse pour ce pauvre diable de mineur itinérant.

En passant devant un troquet, on aperçut notre vieux pote, le troisième mousquetaire, assis au comptoir, en train de se payer du bon temps. On entra et on prit un plat de haricots à ses frais. On lui enviait sa chance. Il était tombé sur un ami de New

York qu'il avait tapé de cinq dollars. On lui en soutira deux pour s'offrir une piaule et un petit déjeuner et il retourna dormir avec son ami retrouvé dans un hôtel de première catégorie. Après avoir acheté quelques paquets de cigarettes, on s'en fut à l'hôtel *Kimball*, qui était au coin de la rue. Le patron nous dit qu'il allait nous donner la chambre voisine de la sienne, puisque nous insistions pour avoir une fenêtre.

Et maintenant, jetons un coup d'œil sur une piaule à un dollar, en Floride. La dernière fois que nous avions fait ce genre d'expérience, c'était dans la capitale. Les conditions ne s'améliorent jamais à mesure que l'on descend vers le sud ; c'est bien connu. Pas de tapis dans la chambre ; pas d'abat-jour sur l'aveuglante ampoule jaunie qui se balance au bout d'un long fil noir en plein milieu de la pièce. Sur les murs, il ne reste plus qu'une moitié du papier. L'autre moitié a été arrachée par la main du Temps, aidé peut-être par des occupants désœuvrés qui éprouvaient le besoin de parachever cette entreprise de destruction. De grandes bandes de papier jaune, constellées de mouches, pendent du plafond, comme si on les y avait épinglées. Une cuvette ébréchée est posée sur une table de toilette branlante. À l'intérieur se dessinent deux cercles de crasse concentriques. Cinq centimètres d'eau de cale ornent une jardinière posée par terre, près de la table de toilette. Il y a une fenêtre, c'est vrai ; mais elle donne sur un mur aveugle placé à quinze centimètres. Dans la penderie, des sous-vêtements immondes oubliés par le client précédent.

Se mettre au lit fait l'effet de repriser une paire de chaussettes. On passe d'abord son pied dans un trou, puis dans un autre, jusqu'à ce qu'on se soit cousu complètement dans le drap. Ensuite, on tire sur soi des couvertures d'aspect misérable et on essaie de dormir. En contemplant le plafond, on peut voir se déployer des escadrons de punaises. En regardant le plancher, on aperçoit des cafards suintant des fissures et des trous nombreux. Mon copain resta éveillé toute la nuit à fumer, pensant qu'il aurait été mille fois mieux à dormir sur un banc du jardin public. À ce moment, nous avions l'impression que même un cadavre de la morgue était mieux traité que nous. Le matin, avant de partir, mon compère monta sur une chaise et ajouta quelques lignes aux graffiti qui ornaient déjà les murs. Comme post-scriptum, il inscrivit ce pléonasme : « De tous les endroits de m… que je connaisse, c'est le plus dégueulasse. » Ensuite, il signa son nom en lettres majestueuses, afin que tous ceux qui entreraient là puissent le lire. Ma contribution à ce vandalisme matinal consista à jeter mon matelas par terre et à renverser nos eaux sales dessus. Après cela, nous battîmes promptement en retraite. Ce matin-là, nous eûmes de la chance. On trouva du travail : comme vendeurs de journaux. Midi nous trouva chargés de quotidiens et transpirant sous un soleil à son zénith. On « battait le pavé » comme on dit dans le monde de la presse, c'est-à-dire qu'on ne nous avait pas attribué de quartier déterminé. Nous allions où bon nous semblait et chacun pour soi et Dieu pour tous. On s'était donné rendez-vous dans le parc pour compter nos recettes. À Jacksonville, le journal coûtait un nickel [1] — je n'ai jamais vu beaucoup de cents par ici — et il nous en revenait la moitié. En deux heures, nous avions fait quarante-cinq cents à nous deux. On décida de continuer. Le soir, vers onze heures, on alla dans les locaux de l'autre journal — un journal du matin —, pour aider à distribuer la première édition. Nos recettes totales de la journée se montaient à 3,75 dollars, plus un dos ankylosé et des trous supplémentaires à nos chaussures. Ce qui nous restait de chaussettes ressemblait davantage à des gants de motards — le talon et les orteils sortaient et seul le cou-de-pied, qui n'en avait nul besoin, était protégé. On continua encore pendant deux jours, en travaillant par rame de douze heures ; mais le plus que nous arrivâmes à faire, Ned comme moi, ce fut 2,5 dollars par jour. Le deuxième jour, on fut plus malin et on resta au même endroit. Nous avions suivi les conseils d'un petit futé de New York et on s'était planqués dans un bon coin. Parfois, on s'oubliait et

1. Pièce de cinq cents.

on entonnait d'une voix enjouée : « Quel journal lisez-vous, quel journal ? » sans penser qu'il n'existait que deux journaux à Jacksonville et qu'ils paraissaient à des heures différentes. Jamais je n'oublierai la première fois où je m'étais mis à brailler « Journal… que lisez-vous ! ». J'eus soudain l'impression d'être le centre de l'univers. Ma voix se figea dans mon gosier et je rougis jusqu'à la racine des cheveux. Puis, tout à coup, les gens commencèrent à me jeter des pièces dans une main et à me tirer les journaux que j'avais dans l'autre et je compris que j'étais exactement pareil à tous les vendeurs de journaux, même si je portais un chapeau mou et si j'avais une pipe coincée entre les dents. La seule personne qui me jeta un deuxième regard, comme pour s'assurer que ses yeux ne l'avaient pas trompée, ce fut une jeune fille qui aurait pu être une actrice de vaudeville. Mais cette romance ne se concrétisa jamais. Elle me regarda une bonne fois et je pense que cela lui suffit.

Le lendemain, je reçus un télégramme de mes parents avec cent dollars. La première chose que je fis fut de me précipiter à la gare pour acheter un billet à destination de New York. Ensuite, je claquai trois dollars pour une chambre avec salle de bains dans un bon hôtel et je partis en chasse des deux autres mousquetaires. Je leur trouvai une chambre en toute hâte et réglai leur séjour pour deux semaines (car ils voulaient à tout prix rester en Floride) et je leur donnai suffisamment de galette pour qu'ils puissent s'approvisionner en vivres et en lames de rasoir pendant tout ce temps. Ensuite, je leur déclarai que j'allais partir à la recherche du policier qui m'avait chassé une nuit de la gare, à la pointe de son revolver. J'aurais tiré une certaine satisfaction à l'approcher sans avertissement et à lui flanquer un puissant direct dans les mâchoires. Mais mes amis ne me permirent pas de gâcher ainsi les festivités de ce dernier jour, aussi se rendit-on dans le meilleur restaurant de la ville pour y faire bombance. Pour cinq dollars, nous eûmes droit à un festin de roi. Avec ce repas dans l'estomac et la certitude réconfortante qu'un toit nous attendait pour nous abriter pendant la nuit, nous nous sentîmes redevenir des êtres humains.

Cependant, le lendemain matin, tandis que je regardais le paysage par la fenêtre du train qui approchait de la frontière de la Géorgie — en remarquant les ponts blancs, les routes droites et monotones, les marécages, l'aspect virginal des bois, la mélancolie et l'immobilité de ce pays — je me dis en moi-même : « Eh bien, mon vieux, tu as bien failli devenir clochard. »

DE DIEPPE À NEWHAVEN

En réalité, j'avais besoin de me retrouver parmi des gens qui parlaient anglais, au moins pour quelque temps. Je n'avais rien contre les Français, bien au contraire. J'avais fini par faire mon trou à Clichy et j'aurais été au comble du bonheur sans les ennuis que me causait ma femme. Elle habitait Montparnasse, et moi, je vivais chez mon ami Fred, dans un appartement de Clichy, tout près de la porte. On avait décidé de se séparer ; elle devait rentrer en Amérique dès qu'elle aurait reçu de l'argent pour le voyage.

Jusque-là, pas de problème. Je lui avais fait mes adieux et je croyais que c'en était fini. Et puis, un jour, en allant à l'épicerie, la patronne m'apprit que ma femme était venue peu de temps avant, avec un jeune homme, pour acheter tout un stock de provisions qu'ils avaient fait mettre sur mon compte. La vieille avait l'air un tantinet perplexe et même un peu inquiet. Je lui dis que c'était O.K. et c'était vrai, d'ailleurs, puisque je savais que ma femme n'avait pas d'argent et après tout, quand on a une femme, elle a le droit de manger comme tout le monde. Pour le jeune homme, c'était également O.K. : ce n'était qu'un pédé qui l'avait prise en pitié et je supposai qu'il lui avait offert momentanément l'hospitalité. Donc, tout était O.K., à ceci près qu'elle n'avait toujours pas quitté Paris, alors, nom d'une pipe, quand allait-elle se tirer, voilà la question que je me posais.

Quelques jours passèrent et un soir elle débarqua chez nous pour dîner. Pourquoi pas ? On arriverait bien à lui trouver quelque chose à manger, tandis qu'à Montparnasse, au milieu de cette racaille qu'elle était obligée de fréquenter, elle avait bien du mal à se nourrir. Après le dîner, elle piqua une crise de nerfs ; elle prétendait qu'elle avait la dysenterie depuis qu'elle m'avait quitté et que c'était ma faute, parce que j'avais essayé de l'empoisonner. Je la raccompagnai jusqu'au métro Porte de Clichy, sans lui dire un mot. J'étais fou furieux, tellement furieux que je ne pouvais même pas ouvrir la bouche. Elle aussi, elle était furieuse parce que je refusais de discuter avec elle. Tout en rentrant chez moi, je me disais : ça, c'est un comble ; elle ne reviendra sûrement pas. Je l'ai empoisonnée. Très bien, qu'elle le croie, si ça peut lui faire plaisir ! Ainsi, le problème serait réglé.

Au bout de quelques jours, je reçus une lettre où elle me demandait un peu d'argent pour payer son loyer. En définitive, elle n'habitait pas chez le pédé, mais dans un hôtel minable derrière la gare Montparnasse. Je ne pouvais pas lui en envoyer tout de suite, car je n'en avais même pas pour moi, aussi je laissai passer quelques jours avant d'aller à son hôtel pour régler la note. Pendant que je partais au trot vers l'hôtel, un pneumatique arriva chez moi me disant qu'il lui fallait absolument les sous, sinon on la mettrait dehors. Si j'avais eu un peu d'argent, je ne lui aurais pas laissé endurer toutes ces humiliations, mais l'ennui, c'était que je n'en avais pas. Quoi qu'il en soit, elle ne me crut pas. Et même si c'était vrai, me dit-elle, j'aurais pu en emprunter. Ça aussi, c'était vrai. Mais je n'ai jamais été très fort pour demander de grosses sommes, j'ai toujours emprunté des petits subsides, de la menue monnaie, et j'étais diantrement content quand j'arrivais à mes fins. Elle paraissait l'avoir oublié. C'était normal, vu qu'elle m'en voulait et qu'elle avait été blessée dans sa fierté. Et puis, pour être juste, je dois ajouter que si les rôles avaient été inversés, elle se serait débrouillée pour en dégoter. Elle a toujours su trouver de l'argent pour moi, mais jamais pour elle-même, c'est une chose qu'il faut reconnaître.

Toutes ces histoires commençaient à me miner. J'étais dans mes petits souliers ; mais plus je me sentais mal à l'aise, moins j'étais capable d'agir.

J'allai même jusqu'à lui proposer de venir s'installer chez nous tant qu'elle n'aurait pas reçu l'argent qu'elle attendait. Mais naturellement, elle ne voulut rien savoir. Était-ce vraiment naturel, après tout ? J'étais tellement désorienté et vexé que je ne savais plus ce qui était naturel et ce qui ne l'était pas. L'argent. L'argent. Je m'étais toujours heurté, dans la vie, au problème de l'argent. Jamais je ne parviendrais à le résoudre, et je n'avais même pas envie d'y arriver. Après avoir tourné et viré en tout sens comme une souris prise au piège, il me vint la brillante idée de décamper moi-même. Éluder le problème, c'est toujours la solution la plus simple. Je ne sais comment ça se fit, mais tout à coup, je décidai de partir pour Londres. Si on m'avait offert un château en Touraine, j'aurais dit non. J'ignore pourquoi, mais je m'étais dit que ce serait Londres et rien d'autre. Je me donnai comme raison qu'elle n'irait jamais m'y chercher. Elle savait que je détestais cette ville. Mais la vraie raison, comme je m'en rendis rapidement compte, c'était que j'avais envie de me retrouver avec des gens qui parlaient anglais. Je voulais entendre parler anglais vingt-quatre heures sur vingt-quatre et rien qu'anglais. Dans l'état d'abattement où je me trouvais, ce serait comme de me blottir dans les bras du Seigneur. Parler et écouter de l'anglais, ce serait un soulagement. Dieu sait que lorsqu'on est dans le pétrin, parler une langue étrangère — ou simplement l'entendre, parce qu'on ne peut se boucher les oreilles, même si on en a envie — est une forme de torture très raffinée. Je n'avais absolument rien contre les Français, ni contre leur langue. Jusqu'au jour où elle avait fait son apparition, j'avais vécu dans une sorte de paradis. Soudain, tout avait tourné à l'aigre. Je me surprenais à maugréer contre les Français et en particulier contre leur langue, chose qui ne me serait jamais venue à l'esprit si j'avais été dans mon état normal. Je savais bien que c'était ma faute, mais ce n'en était que pire. Bon, Londres, alors. Une petite escapade, et à mon retour elle serait peut-être partie. Ce n'était pas plus compliqué que ça.

J'empruntai du fric pour le visa et un billet aller et retour. J'avais demandé un visa d'un an, en pensant que si par hasard je changeais d'avis au sujet des Anglais, je pourrais retourner une seconde et une troisième fois en Angleterre. Noël approchait et je me disais que Londres devait être un coin bien sympathique pendant les fêtes. Je découvrirais peut-être un autre Londres que celui que je connaissais, un Londres à la Dickens, comme en rêvent les touristes. J'avais mon visa et mon billet en poche, et tout juste assez de fric pour dix jours. Je jubilais presque à l'idée de ce voyage.

Quand j'arrivai à Clichy, c'était à peu près l'heure du dîner. J'entrai dans la cuisine et j'y découvris ma femme qui aidait Fred à préparer le repas. J'étais sûr que Fred ne lui parlerait pas de mon voyage à

Londres, aussi je m'installai pour dîner et je ris et plaisantai moi aussi. Ce fut une soirée épatante, dois-je dire, et tout se serait très bien passé si Fred n'avait pas dû retourner au journal. On m'avait viré quelques semaines auparavant, mais lui y travaillait toujours, tout en s'attendant d'un jour à l'autre à subir le même sort que moi. Si on m'avait flanqué à la porte c'est que, bien qu'américain, je n'avais pas le droit de travailler dans un journal américain comme correcteur. Du point de vue des Français, ce boulot pouvait être assuré tout aussi bien par un Français connaissant l'anglais. Cette histoire m'avait fait un peu râler et contribuait sans aucun doute à l'aigreur que je ressentais vis-à-vis de la France depuis quelque temps. Bref, c'en était terminé pour moi et j'étais donc un homme libre qui serait bientôt à Londres à parler anglais toute la journée et même tard dans la nuit, si ça lui chantait. De plus, mon livre allait bientôt sortir et mon existence risquait bien de changer. L'un dans l'autre, la situation n'était pas aussi sombre qu'elle m'avait semblé quelques jours plus tôt. En pensant à la façon dont j'allais m'esquiver, je perdis toute prudence et, dans un moment d'égarement, je courus acheter une bouteille de chartreuse, car je savais qu'elle aimait cette liqueur par-dessus tout. Ce fut une erreur fatale. La chartreuse la grisa un peu, puis elle s'excita et me fit des reproches. On était assis tous les deux autour de la table et je crois bien qu'on s'est envoyé à la figure un tas de griefs qu'on aurait dû oublier. Je finis par éprouver tant de culpabilité et tant de tendresse que je lui déballai tout : le voyage à Londres, l'argent que j'avais emprunté et patati et patata. Je fouillai dans ma poche et étalai tout sur la table. Là, comme ça, je ne sais combien de livres et de shillings de bel argent anglais tout neuf. Je lui dis que je regrettais ; que je me fichais bien de ce voyage et que, dès le lendemain, je tâcherais de me faire rembourser le billet pour lui donner de l'argent. Cette fois encore, je dois lui rendre justice. Elle ne voulait vraiment pas prendre l'oseille. Je voyais bien qu'elle faisait la grimace, mais elle finit par accepter à contre-cœur et le fourra dans son sac. En partant, elle oublia de le prendre et je fus obligé de lui courir après dans l'escalier pour le lui donner. En prenant son sac, elle me redit adieu, et cette fois je sentis que c'était pour la dernière fois. Elle me dit adieu, sans bouger de la marche, les yeux levés vers moi, avec un drôle de petit sourire tout chagrin. Si j'avais fait le moindre geste, je suis sûr qu'elle aurait envoyé l'argent au diable et qu'elle se serait précipitée dans mes bras pour ne plus en repartir. Je la regardai longuement, puis je regagnai lentement l'appartement et refermai la porte. J'allai vers la table de la cuisine, m'y assis quelques minutes à regarder les verres vides et, soudain, je m'effondrai et me mis à sangloter comme un gosse.

Il était à peu près trois heures du matin quand Fred rentra de son travail. Il vit tout de suite que quelque chose ne tournait pas rond. Je lui racontai tout et nous nous mîmes à manger, puis, après avoii mangé, nous bûmes une bonne bouteille de vin d'Algérie et ensuite de la chartreuse et un peu de cognac. De l'avis de Fred, c'était un vrai malheur et j'étais un imbécile de lui avoir filé l argent. Je le reconnaissais, mais je me sentais tout de même content de moi.

« Et Londres alors ? Ne me dis pas que tu ne vas plus à Londres ? me dit-il.

– Si, répondis-je, je laisse tomber. Et puis, je ne pourrais même pas y aller, même si je le voulais. Où trouverais-je le fric ? »

Fred n'avait pas l'air de penser que le manque de fric était un grand obstacle. Il croyait pouvoir emprunter deux cents francs à son travail et quand il toucherait sa paye, c'est-à-dire dans quelques jours, il m'en enverrait encore. Nous restâmes jusqu'à l'aube à discuter de cette affaire et aussi à boire un peu, naturellement. Un peu plus tard, dans mon pieu, j'entendais déjà le carillon de Westminster, accompagné de quelques clochettes de traîneau un peu rouillées. J'imaginais un magnifique tapis de neige recouvrant la saleté de Londres et tout le monde qui m'accueillait par de chaleureux « *Merry Christmas* », en anglais bien sûr.

Je traversai la Manche de nuit. C'était une nuit bien moche et tous les passagers étaient à l'intérieur du bateau, grelottant de froid. J'avais un billet de cent francs et un peu de monnaie, c'est tout. On était convenu que dès que j'aurais trouvé un hôtel, j'expédierais un télégramme à Fred qui m'enverrait aussitôt de l'argent. J'allai m'asseoir à la longue table du salon pour écouter les conversations. Ma préoccupation suprême était de faire durer mon billet de cent francs le plus longtemps possible, car plus j'y pensais, moins j'étais sûr que Fred trouverait de l'oseille dans de brefs délais. Dans les bribes de conversations que je surprenais autour de moi, il était aussi question d'argent. L'argent. L'argent. La même rengaine, partout et toujours. Je crus comprendre que, ce jour même, l'Angleterre venait de finir de rembourser sa dette aux États-Unis, bien à contrecœur. Elle avait tenu parole, qu'ils disaient tous. L'Angleterre tient toujours parole et ils rabâchaient sans arrêt sur ce thème, si bien que je me sentais l'envie de les étrangler, à cause de leur foutue honnêteté.

J'avais décidé de ne pas entamer mon billet de cent francs, sauf en cas d'absolue nécessité, mais en les entendant dégoiser toutes ces balivernes à propos de leur parole tenue, et sachant qu'ils m'avaient repéré comme Américain, je fus si agacé que je commandai une bière et un sandwich au jambon, ce qui me mit directement en contact avec le steward.

Il voulut savoir ce que je pensais de l'affaire. Je voyais bien qu'il trouvait que nous avions fait une vraie vacherie à l'Angleterre. J'étais contrarié qu'il me rendît responsable de la chose uniquement parce que j'étais de nationalité américaine. Par conséquent, je lui dis que je n'y connaissais rien, que ce n'étaient pas mes oignons et, même, que je me moquais éperdument que l'Angleterre paye ses dettes ou qu'elle ne les paie pas. Mes propos ne lui plurent guère. On doit s'intéresser aux affaires de son pays, même s'il fait fausse route, voilà ce qu'il pensait. Je lui dis que je me foutais bien de l'Amérique et des Américains. Je lui dis que je ne ressentais pas une once de patriotisme. À ce moment, un homme qui faisait les cent pas à côté de nous s'arrêta pour m'écouter. Il me faisait l'effet d'être un espion ou un policier. Je la bouclai aussitôt et me tournai vers un jeune homme assis à côté de moi qui, lui aussi, avait demandé une bière et un sandwich.

Il paraissait m'avoir écouté avec un certain intérêt. Il voulait savoir d'où je venais et ce que j'allais faire en Angleterre. Je lui dis que je m'offrais des petites vacances et puis, sans trop réfléchir, je lui demandai s'il n'avait pas un hôtel pas cher à me recommander à Londres. Il me répondit qu'il avait quitté l'Angleterre depuis longtemps et que de toute manière il ne connaissait pas bien Londres. Il avait vécu en Australie toutes ces dernières années. À cet instant, le steward rappliqua et le jeune homme s'interrompit pour lui demander s'il pouvait m'indiquer un hôtel bien et pas cher à Londres. Le steward appela le serveur et lui posa la même question et, au même moment, l'homme qui avait l'air d'un espion s'approcha et s'arrêta pour nous écouter. En voyant le sérieux avec lequel on débattait de ce problème, je compris tout de suite que j'avais commis une erreur. On ne doit jamais poser ce genre de question à un steward ou à un serveur. J'avais l'impression qu'ils me considéraient d'un air soupçonneux et qu'ils me passaient aux rayons X. J'avalai ma bière d'un trait et, comme pour leur prouver que l'argent était le cadet de mes soucis, j'en commandai une deuxième, puis, me tournant vers le jeune homme, je lui demandai de me permettre de lui en offrir une. Quand le steward revint avec les verres, nous étions déjà partis au fin fond de l'Australie. Il s'apprêtait à me parler de l'hôtel, mais je lui dis de ne pas se faire de souci ; c'était seulement une question en passant, ajoutai-je, ce qui parut le déconcerter. Il resta sur place pendant un moment, les bras ballants, puis soudain, poussé par un mouvement d'amitié, il bafouilla qu'il serait heureux de me recevoir chez lui, à Newhaven, si je souhaitais y passer la nuit. Je le remerciai chaudement en lui disant de ne pas s'inquiéter pour moi et que j'avais l'intention de continuer sur Londres. « Ce n'est vraiment pas important », ajoutai-je et, au moment même où je prononçais ces mots, je sentis que je venais de commettre une nouvelle erreur, parce que, d'une certaine façon, malgré moi, j'avais donné beaucoup d'importance à la chose aux yeux de tout le monde.

Il restait encore un peu de temps à tuer, aussi écoutai-je le jeune Anglais qui avait mené une drôle d'existence en Australie. Il me raconta sa vie de gardien de moutons et la manière dont il castrait je ne sais combien de milliers de bêtes par jour. Il fallait opérer très vite. Si vite, en fait, que le plus pratique consistait à saisir les testicules entre les dents, à les trancher d'un rapide coup de couteau, puis de recracher le tout. Il essaya de compter le nombre de paires de testicules qu'il avait pu croquer ainsi au cours de son séjour en Australie et tout en se livrant à son calcul mental, il s'essuya la bouche d'un revers de main.

« Vous deviez avoir un drôle de goût dans la bouche, dis-je en m'essuyant inconsciemment les lèvres, moi aussi.

– Ce n'est pas si mauvais que vous le croyez, répondit-il calmement. On s'habitue à tout avec le temps. Non, ça n'a pas du tout mauvais goût… c'est pire à imaginer qu'à faire. Tout de même, quand j'ai quitté ma confortable maison d'Angleterre, jamais je n'aurais pensé que je cracherais ces trucs pour gagner ma vie. On arrive à faire pratiquement n'importe quoi quand on est vraiment décidé. »

Je pensais exactement la même chose que lui. Je me rappelais le temps où je brûlais des broussailles dans une orangeraie de Chula Vista. Dix heures par jour sous un soleil torride à courir d'un feu à l'autre avec ces mouches qui piquaient furieusement. Et pourquoi ? Pour me prouver que j'étais un homme, sans doute, et que j'étais capable de faire face. Et cette autre fois où j'avais travaillé comme fossoyeur : pour montrer que je n'avais peur de rien. Fossoyeur ! Avec un livre de Nietzsche sous le bras et essayant de me rappeler la dernière partie de *Faust* en allant et en revenant du boulot. Bien, comme le disait le steward, « les Anglais ne vous filouteront jamais ! ». Le bateau arrive. Encore une petite bière pour faire passer le goût des couilles de mouton et un joli pourboire au serveur, rien que pour prouver que les Américains paient parfois leurs dettes, eux aussi. Dans tout ce remue-ménage, je me retrouve tout seul derrière un Anglais rondouillard en casquette à carreaux et en gros pardessus. Si elle avait débarqué dans n'importe quel autre pays, la casquette à carreaux aurait semblé parfaitement ridicule, mais comme elle est dans son pays, elle peut faire ce qu'il lui plaît et, qui plus est, je l'en admire presque, car cela lui donne un air tellement indépendant. Je commence à penser qu'en définitive, ce n'est pas une aussi sale race.

Sur le pont, il fait sombre et humide. La dernière fois que je suis venu en Angleterre, alors que je remontais la Tamise, il faisait également sombre et humide. Les visages étaient d'un gris de cendre, les uniformes noirs et les maisons tristes et attristantes. Dans High Holborn Street, il passait, je m'en souviens, les pauvres les plus convenables, les plus lamentables et les plus misérables que Dieu ait jamais créés. Des pauvres gris et dégoulinants en chapeau melon et en habit, avec cet air absurde de respectabilité que seuls les Anglais parviennent à conserver dans l'adversité. Et voilà que je perçois déjà mieux leur langage et il ne me plaît pas du tout : c'est huileux, visqueux, servile et onctueux. Je devine les classes sous l'accent. L'homme en casquette à carreaux et en pardessus est soudain devenu un pompeux imbécile : on dirait qu'il parle charabia avec le porteur. Je n'entends que des « Sir », « Puis-je faire ceci, Sir ? », « Par où, Sir ? », « Yes, Sir, no, Sir ». J'en ai la chair de poule. Sir, mon cul, dis-je dans ma barbe.

Le Bureau de l'immigration. Je fais la queue pour attendre mon tour. Les richards passent les premiers, comme d'habitude. On avance centimètre par centimètre. Ensuite, inspection des bagages sur le quai pour ceux qui ont terminé les formalités. Les porteurs vont et viennent, chargés comme des baudets. Il ne reste plus que deux personnes avant moi. Je n'ai à la main que mon passeport, mon billet de train et les talons d'enregistrement de mes bagages. Ça y est, c'est à moi ; je lui tends mon passeport. Il regarde la grande feuille blanche posée devant lui, y trouve mon nom et le coche.

« Combien de temps avez-vous l'intention de rester en Angleterre, M. Miller ? me dit-il, mon passeport à la main, comme s'il allait me le rendre.

– Une semaine ou deux.

– Vous allez à Londres, n'est-ce pas ?

– Oui.

– À quel hôtel descendez-vous, M. Miller ? »

Je souris. « Oh, je ne sais pas encore, dis-je, toujours en souriant. Vous avez peut-être un hôtel à me recommander.

– Vous avez des amis à Londres, M. Miller ?

– Non.

– Qu'allez-vous faire à Londres, si je puis me permettre de vous poser cette question ?

– Oh, je viens passer de petites vacances. » Je souris toujours.

« J'imagine que vous avez suffisamment d'argent pour votre séjour en Angleterre.

– Oui », dis-je, toujours nonchalant, toujours souriant. Et je pense à part moi : quelle punaise, ce type, avec ses questions !

« Ça ne vous dérangerait pas de me montrer votre argent, M. Miller ?

– Non, bien sûr. » Et, plongeant la main dans mon jean, je ramène ce qui me reste du billet de cent francs. Autour de moi, on rigole. Moi aussi, j'essaie de rigoler, mais sans beaucoup de succès. Quant à mon inquisiteur, il émet une sorte de petit gloussement et, me regardant droit dans les yeux, il me dit avec son air le plus narquois : « Vous n'avez pas l'intention de séjourner bien longtemps à Londres, me semble-t-il, M. Miller. »

Toujours ce « M. Miller » accroché à toutes ses phrases ! Cet enfant de salaud commence à me déplaire et, qui plus est, il commence à me mettre mal à l'aise.

« Voyons », dis-je, toujours aimable et sur un ton toujours détaché. « Je ne vais pas passer toutes mes vacances avec ça. Dès que j'aurai trouvé un hôtel, je télégraphierai pour qu'on m'envoie de l'argent. J'ai quitté Paris précipitamment et... » Il me coupe net. Puis-je lui donner le nom de ma banque à Paris, qu'il me demande.

« Je n'ai pas de compte en banque », me vois-je dans l'obligation de répondre. Je me rends tout de suite compte que ça fait très mauvaise impression. Je sens l'hostilité croître autour de moi. Ceux qui tenaient leur sac à la main le posent par terre, comme s'ils se doutaient qu'ils allaient en avoir pour un bon moment. Le passeport que le type brandissait comme un petit testament, il le pose devant moi sur le comptoir et le retient du bout des doigts, telle une pièce à conviction accusatrice.

« Qui va vous envoyer de l'argent, M. Miller ? me demande-t-il plus doucereusement que jamais.

– Eh bien, un ami, celui avec qui j'habite à Paris.

– Il a un compte en banque ?

– Non, mais il a un boulot. Il travaille au *Chicago Tribune.*

– Et vous pensez qu'il va vous envoyer de l'argent pour vos vacances ?

– Je ne le pense pas, j'en suis sûr, fais-je avec aigreur. Je ne vous raconte pas d'histoires. Je vous ai déjà dit que je suis parti précipitamment. On s'est entendu pour qu'il m'envoie de l'argent dès que je serai arrivé à Londres. De plus, c'est mon argent et non le sien.

– Vous lui avez donné votre argent à garder plutôt que de le mettre à la banque, c'est bien ça, M. Miller ?

– Oh, dis-je en commençant à perdre mon sang-froid, il ne s'agit pas d'une fortune et puis je ne vois pas où vous voulez en venir. Si vous ne me croyez pas, je vais rester ici et vous n'aurez qu'à envoyer un télégramme pour vérifier par vous-même.

– Une seconde, M. Miller. Vous dites que vous vivez avec lui… à l'hôtel, ou dans un appartement ?

– Dans un appartement.

– Et cet appartement est à votre nom ?

– Non, au sien. En réalité, il nous appartient à tous les deux, mais on l'a mis à son nom, parce qu'il est français et que c'était plus pratique.

– Et c'est lui qui vous garde votre argent ?

– Non, en principe, non. Comprenez-moi, je suis parti dans des conditions un peu spéciales.

– Une petite minute, M. Miller. » Et il me fait signe de reculer un peu dans la file. En même temps, il appelle un de ses collègues et lui remet mon passeport. Ce dernier le prend et s'en va un peu plus loin, derrière un paravent. Je reste sur place à regarder les autres passer.

« En attendant, vous pouvez aller faire visiter vos bagages », lui entends-je dire dans une espèce de transe. Je me dirige vers le hangar et j'ouvre mes valises. Le train nous attend. Il me fait penser à un attelage de chiens esquimaux tirant sur la laisse. La locomotive halète et suffoque. À la fin, je reviens me planter devant mon interlocuteur. On expédie la visite pour les derniers passagers.

Voici que le grand type maigre sort de derrière son paravent, mon passeport à la main. Il a l'air sûr d'avance que je suis un malfaiteur.

« Vous êtes citoyen américain, M. Miller ?

– Apparemment », que je lui réponds. Je sais que ce gars sera sans pitié. Il n'a pas un brin d'humour.

« Depuis quand êtes-vous en France ?

– Deux ou trois ans, je crois. Vous n'avez qu'à regarder la date vous-même... Pourquoi ? Qu'est-ce que ça vient faire là-dedans ?

– Vous avez l'intention de passer plusieurs mois en Angleterre, n'est-ce pas ?

– Non, pas du tout. J'avais l'intention d'y passer une semaine ou dix jours, c'est tout. Mais maintenant...

– Ainsi, vous avez pris un visa d'un an en pensant rester une semaine.

– J'ai même mon billet de retour, si ça vous intéresse.

– On peut toujours jeter son billet de retour, dit-il en tordant malicieusement la bouche.

– Oui, quand on est idiot. Je n'en vois pas l'utilité. Et maintenant, écoutez-moi, je suis fatigué de ces sornettes. Je vais passer la nuit à Newhaven et demain, je reprendrai le bateau. Je ne suis pas obligé de passer mes vacances en Angleterre.

– Pas si vite, M. Miller. Je crois qu'il va falloir examiner la chose de plus près. »

Au moment où il disait ces mots, j'entendis le sifflet de la locomotive. Les passagers étaient tous montés et le train allait partir. Je pensai à ma malle que j'avais fait enregistrer jusqu'à Londres. Presque tous mes manuscrits et ma machine à écrire étaient à l'intérieur. Tout ça à cause de cette petite monnaie que j'avais flanquée sur le comptoir.

Le petit gros au masque avec son imperturbable air narquois nous rejoignit. Il semblait se préparer à passer un bon moment.

En entendant le train quitter la gare, je me résignai à un interrogatoire en règle. Maintenant qu'ils m'ont coincé, pensai-je, voyons combien de temps ils vont me faire souffrir. Cependant, avant tout, je réclamai mon passeport. S'ils avaient envie de me cuisiner encore un peu, parfait ; je ne pouvais plus rien faire à cette heure et, avant d'aller à Newhaven, je voulais profiter des réjouissances jusqu'au bout.

À ma grande stupéfaction, le grand maigre refusa de me rendre mon passeport. Cela me mit hors de moi. Je lui demandai s'il y avait un consul américain dans le coin. « Écoutez-moi, dis-je, pensez ce qui vous plaira, mais ce passeport est à moi et j'exige qu'on me le rende.

– Inutile de vous énerver, M. Miller. On vous rendra votre passeport avant votre départ. Mais j'aimerais d'abord vous poser quelques questions… Je note que vous êtes marié. Votre femme vit-elle avec vous et avec votre ami ? Ou bien est-elle en Amérique ?

– Je ne vois pas en quoi ça vous regarde, fis-je. Mais puisque vous avez évoqué ce sujet, laissez-moi vous dire une chose. Si je suis parti avec si peu de liquide, c'est parce que j'ai donné tout l'argent de mon voyage à ma femme avant de m'en aller. Nous sommes séparés et elle doit rentrer aux États-Unis dans quelques jours. Je lui ai donné cet argent parce qu'elle était fauchée.

– Combien lui avez-vous donné, si je peux me permettre de vous poser cette question ?

– Vous m'avez déjà posé un tas de vos foutues questions, alors que vous n'aviez aucun droit de le faire et je ne vois pas pourquoi vous ne poseriez pas celle-là. Si vous voulez le savoir, je lui ai donné soixante livres. Voyons, j'ai peut-être encore le reçu du change dans mon portefeuille… » Et je fis mine de fouiller dans ma poche pour le chercher.

« Vous ne trouvez pas que c'est absurde de lui avoir donné tout votre argent et d'être venu en Angleterre sans un sou en poche, ou presque ? »

Je lui décochai un sourire acide. « Mon cher monsieur, je me tue à vous expliquer que je ne suis pas venu en Angleterre comme un mendiant. Si vous m'aviez laissé partir pour Londres, tout se serait très bien passé. Je suppose que je perds mon temps à vous dire ça ; mais faites un petit effort pour comprendre, je vous en prie. Je suis écrivain. J'agis toujours spontanément. Je n'ai pas de compte en banque et je ne combine pas mes projets des années à l'avance. Quand j'ai envie de faire quelque chose, je le fais. Pour une raison que j'ignore, vous semblez croire que je suis venu en Angleterre pour… franchement, je ne sais pas quelle idée vous avez derrière la tête. J'ai eu envie de venir en Angleterre tout simplement pour entendre parler anglais, que vous me croyiez ou non, et aussi pour échapper à ma femme. Vous avez bien compris ?

– Oui, parfaitement, répond le grand maigre. Vous avez voulu fuir votre femme pour qu'elle devienne une charge pour la société. Comment savez-vous si elle ne vous suivra pas en Angleterre ? Et comment allez-vous subvenir à ses besoins, ici, sans argent ? »

J'avais l'impression de parler à un mur. À quoi servirait de lui répéter tout mon baratin ? « Écoutez-moi, lui dis-je. En ce qui me concerne je me fiche éperdument de ce qui peut lui arriver. Si elle est à la charge de la société, c'est son affaire, pas la mienne.

– Vous travaillez au *Chicago Tribune*, avez-vous dit ?

– Je n'ai jamais rien dit de pareil. J'ai dit que mon ami, celui qui doit m'envoyer de l'argent, y travaillait.

– Donc, vous n'avez jamais travaillé pour ce journal ?

– Si, mais on m'a foutu à la porte il y a quelques semaines. »

Il sauta aussitôt sur l'occasion.

« Ah, alors, vous avez bien travaillé pour ce journal à Paris ?

– Ce n'est pas ce que je viens de vous dire ? Et après ? Pourquoi me le demandez-vous ?

– M. Miller, puis-je voir votre carte d'identité ?... Je pense que vous avez une carte d'identité puisque vous dites habiter Paris. »

Je l'extirpai de ma poche et la lui tendis. Ils se mirent tous les deux à l'examiner.

« Vous avez une carte d'identité de non-travailleur et cependant, vous avez été employé comme correcteur au *Chicago Tribune*. Comment expliquez-vous ça, M. Miller ?

– Je ne crois pas pouvoir vous l'expliquer. Je pense qu'il est inutile de vous répéter que je suis citoyen américain, que le *Chicago Tribune* est un journal américain et que par conséquent...

– Excusez-moi, mais pourquoi vous a-t-on renvoyé ?

– C'est précisément ce que j'allais vous dire. Voyez-vous, les fonctionnaires français ; ceux qui sont préposés aux paperasses, semblent avoir la même optique que vous. J'aurais peut-être pu rester au *Chicago Tribune* si je n'avais pas été un aussi mauvais correcteur. C'est la vraie raison pour laquelle on m'a flanqué à la porte, si vous voulez le savoir.

– Vous paraissez en être très fier.

– Oui, je trouve que c'est une marque d'intelligence.

– Et ainsi, n'ayant plus d'emploi au *Tribune*, vous avez pensé vous offrir des petites vacances en Angleterre et vous avez pris un visa d'un an et un billet aller et retour.

– C'était aussi pour entendre parler anglais et échapper à ma femme. »

À ce moment, le petit bonhomme à la face ronde prit la parole. Le grand semblait disposé à lui céder l'initiative.

« Vous êtes écrivain, M. Miller ?

– Oui.

– C'est-à-dire que vous écrivez des livres, des histoires ?

– Oui.

– Vous écrivez pour des journaux américains ?

– Oui.

– Lesquels ? Pouvez-vous nous en citer quelques-uns ?

– Certainement. L'*American Mercury*, *Harper's*, l'*Atlantic Monthly*, *Scribner's*, le *Virginia Quarterly*, le *Yale Review*...

– Une seconde. » Il retourna vers le comptoir, se pencha et sortit un gros annuaire ventru. « *American Mercury... American Mercury...* », ne cessait-il de marmonner, tout en feuilletant le livre. « Henry V. Miller, n'est-ce pas ? Henry V. Miller... Henry V. Miller... C'est cette année ou l'année dernière, M. Miller ?

– Ça doit faire trois ans, pour le *Mercury* », dis-je sur un ton gouailleur. Apparemment, il n'avait rien sous la main qui remontât aussi loin. Ne pourrais-je pas lui donner le nom d'un journal pour lequel j'aurais travaillé cette année ou la précédente ? Non, dis-je, j'avais été trop occupé à écrire un livre, ces derniers temps.

« Ce livre a-t-il été publié ? Quel est le nom de l'éditeur américain ? »

Je lui répondis qu'il avait été édité par un Anglais.

« Comment s'appelle-t-il ?

– Obelisk Press. »

Il se gratta la tête. « Un éditeur anglais ? » Il ne parvenait pas à se rappeler une maison anglaise de ce nom. Il appela son acolyte qui avait disparu derrière le paravent avec mon passeport.

« Tu connais Obelisk Press ? » glapit-il.

Je décidai alors qu'il était temps de lui apprendre que mon éditeur anglais publiait ses livres à Paris. Cette nouvelle le mit dans tous ses états. Un éditeur anglais à Paris ! C'était une violation de toutes les lois naturelles. Bon, passons, quels étaient les titres de mes livres ?

« Il n'y en a qu'un. Il s'intitule *Tropique du Cancer.* »

À ce moment, je crus qu'il allait avoir une attaque. Je ne compris pas tout de suite ce qui lui arrivait. Enfin, il parut reprendre partiellement ses esprits et, du ton le plus sarcastique qu'on puisse imaginer, il me lança : « Allons, M. Miller, ne me dites pas que vous écrivez aussi des ouvrages médicaux. »

Pour le coup, ce fut à moi d'être abasourdi. Ils étaient là, tous les deux, à me transpercer de leurs petits yeux en vrille.

« *Tropique du Cancer*, dis-je lentement et solennellement, n'est pas un ouvrage médical.

– Alors qu'est-ce que c'est ? s'exclamèrent-ils d'une seule voix.

– Ce titre, répondis-je, est un titre symbolique. Le tropique du Cancer est le nom qu'on donne dans les manuels à la zone tempérée qui se situe au-dessus de l'équateur. Sous l'équateur, on a le tropique du Capricorne qui est la zone tempérée de l'hémisphère Sud. Évidemment, mon livre n'a rien à voir, non plus, avec les conditions climatiques, à moins qu'on ne parle de climat mental. Cancer est un mot qui m'a toujours intrigué. On y retrouve également la science zodiacale. Étymologiquement, il vient de chancre, c'est-à-dire crabe. Dans la symbolique chinoise, c'est un signe d'une extrême importance. Le crabe est la seule créature qui puisse marcher en avant, en arrière et sur le côté avec une égale facilité. Naturellement, mon livre ne traite pas directement de ce problème. C'est un roman, ou plutôt un document autobiographique. Si ma malle était restée ici, j'aurais pu vous en montrer un exemplaire. Je crois que ça vous aurait intéressés. Soit dit en passant, si mon livre a été édité à Paris, c'est parce qu'il est trop obscène pour l'Angleterre ou les États-Unis. Trop de cancer, là-dedans, si vous me suivez… »

Cela mit un terme à la discussion. Le grand maigre referma sa serviette, mit son chapeau et son manteau et attendit que le petit fût prêt. Je redemandai mon passeport. Le grand maigre partit derrière le paravent et me le donna. Je l'ouvris et je vis un grand X noir qui barrait mon visa. Cela me mit en fureur. C'était comme une marque d'infamie sur ma bonne réputation.

« Y a-t-il un endroit où l'on peut passer la nuit, dans ce trou ? demandai-je de mon air le plus venimeux et le plus méprisant.

– Le gendarme va s'en occuper », dit le grand type en me lançant un sourire aigre et il tourna les talons. J'aperçus alors un individu très grand, vêtu de noir, avec un immense casque et un teint cadavérique, qui s'avançait vers moi, sortant de la pénombre.

« Qu'est-ce que ça veut dire ? braillai-je. Est-ce que je suis en état d'arrestation ?

– Non, je n'ai pas dit ça, M. Miller. Le gendarme va s'occuper de vous cette nuit et demain matin, il vous remettra dans le bateau pour Dieppe. » Et sur ce, il s'en alla pour de bon.

« Très bien, dis-je. Mais vous me reverrez peut-être la semaine prochaine. »

Le gendarme s'était approché de moi et m'avait pris par le bras. J'étais vert de rage, mais la pression qu'il exerçait sur mon bras me faisait comprendre qu'il était inutile de protester. C'était comme la main de la mort en personne.

Pendant que nous nous dirigions vers la porte, j'expliquai calmement au gendarme que ma malle était partie pour Londres avec tous mes manuscrits à l'intérieur, ainsi que d'autres affaires.

« On va s'en occuper, M. Miller, me dit-il d'une voix calme, grave et assurée. Suivez-moi par ici », ajouta-t-il en s'avançant vers le bureau du télégraphe.

Je lui donnai le pognon nécessaire et il m'assura d'une voix posée et naturelle que j'aurais mes affaires demain matin, à la première heure. À la façon dont il s'exprimait, je compris qu'il était homme de parole. Je ne sais pourquoi, je conçus à son égard un respect immédiat. J'aurais aimé, néanmoins, qu'il me lâchât le bras. Merde, alors, je n'étais pas un criminel et même si j'avais voulu me tailler, où donc aurais-je pu aller ? Je ne pouvais tout de même pas me jeter à la mer, hein ? Mais avec ce type-là, il était inutile de discuter. C'était un gars qui obéissait aux ordres et un seul coup d'œil suffisait pour se rendre compte qu'il était dressé comme un chien. Il m'escorta gentiment mais fermement jusqu'au violon. Il nous fallut traverser plusieurs pièces et couloirs vides et mal éclairés pour y arriver. À chaque fois qu'il avait ouvert une porte, il s'arrêtait et, sortant son trousseau de clefs, il la refermait derrière nous. C'était impressionnant. Je commençais à me sentir tout émoustillé. C'était ridicule et saisissant à la fois. Dieu sait ce qu'il aurait fait si j'avais été vraiment un dangereux assassin ? J'imagine qu'il m'aurait d'abord passé les menottes. Bref, on arriva enfin à la prison, sorte de grande salle d'attente sinistre et très mal éclairée. Il n'y avait pas âme qui vive, rien que quelques grands bancs vides, d'après ce que je pouvais en voir.

« On va passer la nuit ici, me dit le gendarme de cette même voix calme et assurée. » Une voix vraiment agréable, qu'il avait. Je commençais à éprouver de la sympathie pour lui. « Il y a un lavabo, là-dedans, m'annonça-t-il en désignant une porte juste derrière moi.

– Je n'ai pas besoin de me laver, fis-je. Ce que je voudrais, c'est aller aux chiottes.

– C'est là », répondit-il en ouvrant une porte et en allumant la lumière.

J'entrai, ôtai mon manteau et m'installai. Tout à coup, alors que j'étais assis là, je levai les yeux et à ma grande stupeur, je vis le gendarme posté sur un petit tabouret près de la porte. Je n'irai pas jusqu'à dire qu'il me surveillait, mais il avait certainement l'œil sur moi, comme on dit. Pour le coup, mes entrailles en furent paralysées. Mince alors, pensai-je, ça c'est le pompon ! Et, séance tenante, j'en pris mentalement note afin d'écrire un jour sur cet incident.

Tout en me reboutonnant, je lui fis part de mon étonnement. Il prit très bien ma réflexion et me répliqua tout naturellement que cela faisait partie de sa tâche.

« Je dois vous garder sous surveillance jusqu'au moment où je vous remettrai au commandant, demain matin. Ce sont les ordres.

– Est-ce qu'il arrive parfois que des gens essaient de se sauver ? demandai-je.

– Pas souvent, dit-il. Mais ça va très mal en ce moment, voyez-vous, et beaucoup de gens cherchent à entrer en Angleterre alors qu'ils ne sont pas d'ici. Des gens sans travail, vous savez bien.

– Oui, je sais, dis-je. La situation n'est pas brillante. »

Je me mis à faire lentement les cent pas dans la salle d'attente. Soudain, trouvant qu'il faisait frisquet, je m'approchai du grand banc où j'avais posé mon manteau et je le jetai sur mes épaules.

« Voulez-vous que je fasse du feu, monsieur ? » me demanda-t-il.

Je le trouvai bigrement prévenant de me poser une pareille question, aussi je lui répondis : « Eh bien, je ne sais pas. Et vous ? Vous avez envie d'avoir du feu ?

– La question n'est pas là, monsieur. Voyez-vous, la loi vous autorise à avoir du feu si vous le souhaitez.

– Balivernes, dis-je. La question est de savoir si ça ne vous embête pas d'en faire. Je peux peut-être vous aider ?

– Non, c'est mon rôle de faire du feu si vous en désirez. Mon seul travail consiste à veiller sur vous.

– Bon, dans ce cas, faites donc du feu. » Je m'assis sur le banc et le regardai s'affairer. Ils sont corrects, tout de même, pensai-je. Ainsi la loi donne droit à avoir du feu. C'est bien la meilleure ! Quand il eut allumé son feu, le gendarme me proposa de m'étendre sur le banc tout à mon aise. Il dénicha un oreiller et une couverture dans un coin. Je m'allongeai en regardant le feu et en me disant qu'en définitive le monde était une bien étrange chose. Quand on pense que d'une main on vous houspille et que de l'autre on vous dorlote comme un bébé. Tout est couché par écrit sur le même grand livre, comme les colonnes de débit et de crédit sur un registre. Le gouvernement est l'invisible comptable qui enregistre les écritures et le gendarme est une sorte de buvard humain qui sèche l'encre. Si par hasard vous recevez un coup de pied au cul ou qu'on vous fait avaler une dent ou deux, c'est gratuit et non enregistré.

Le gendarme s'était assis sur son petit tabouret près du feu et il lisait le journal du soir. Il me déclara qu'il allait continuer à lire un peu jusqu'à ce que je m'endorme. Il parlait amicalement, sans la moindre malice, ni la moindre ironie. Une espèce complètement différente de celle des deux salopards que je venais de quitter.

Je le regardai un moment lire son journal, puis je me mis à lui parler, de façon humaine ; je veux dire pas comme s'il était le gendarme et moi le prisonnier. Il n'était pas bête et ne manquait pas de sensibilité. En fait, il me faisait penser à un beau chien de chasse, à quelque chose, en tout cas, de noble et de racé ; tandis que ces deux autres serviles enfoirés qui eux aussi accomplissaient leur devoir auprès du gouvernement me faisaient l'effet d'une paire de sadiques paltoquets, de minables salopards, qui prenaient plaisir à faire leur boulot répugnant au nom du gouvernement. Je suis certain que si ce gendarme avait dû tuer un homme dans l'exercice de ses fonctions, on aurait pu lui pardonner. Mais ces deux freluquets ! Pouah ! J'en crachai dans le feu de dégoût.

J'étais curieux de savoir si mon gendarme avait eu l'occasion de lire des bouquins sérieux. À ma grande surprise, il m'apprit qu'il avait lu Shaw, Belloc, Chesterton, et aussi quelques œuvres de Somerset Maugham. *Servitude humaine*[1] était un grand livre, pensait-il. Je le pensais moi aussi et j'ajoutai un bon point au gendarme sur son ardoise imaginaire.

« Et vous aussi, vous êtes écrivain, dit-il très gentiment, timidement presque, me sembla-t-il.

– Oui, en quelque sorte », répondis-je avec une certaine méfiance. Et puis, spontanément, bafouillant et balbutiant, je me lançai dans le compte rendu de *Tropique du Cancer*. Je lui parlai des rues et des cafés. Je lui racontai que j'avais essayé de mettre tout ça dans mon livre et que je ne savais pas si j'avais réussi ou non. « Mais c'est un livre humain », déclarai-je en m'approchant tout près de lui. « Et laissez-moi vous dire une chose, gendarme, vous m'avez l'air d'être très humain, vous aussi. J'ai beaucoup apprécié cette soirée avec vous et je veux que vous sachiez que j'ai du respect et de l'admiration

1. Roman de Somerset Maugham paru en 1915 (*N.d.T.*).

pour vous. Si vous ne trouvez pas que je manque de modestie, eh bien, j'aimerais vous envoyer un exemplaire de mon livre quand je serai rentré à Paris. »

Il inscrivit son nom et son adresse sur mon carnet et me dit qu'il prendrait un grand plaisir à lire mon livre. « Vous êtes un homme très intéressant, déclara-t-il, et je regrette que nous ayons fait connaissance en de si pénibles circonstances.

– Oh, n'en parlons plus. Et si nous faisions un petit somme, maintenant, qu'en dites-vous, hein ?

– Pourquoi pas ? Installez-vous sur le banc. Je vais rester assis et sommeiller un peu. Au fait, ajouta-t-il, voulez-vous que je vous commande un petit déjeuner demain matin ? »

Je pensai à part moi que c'était vraiment un chic type, aussi chouette qu'il est possible. Et sur ce, je fermai les yeux et m'endormis.

Le lendemain matin, le gendarme m'emmena à bord du bateau et me remit au commandant. Il n'y avait encore aucun passager. Je lui fis un signe d'adieu et restai à la proue du bateau pour contempler l'Angleterre une bonne fois. C'était une de ces matinées calmes et paisibles et les mouettes volaient dans le ciel clair. À chaque fois que je vois l'Angleterre de la mer, je suis frappé par le caractère serein, aimable et somnolent du paysage. Elle plonge si tranquillement dans la mer que c'en est presque touchant. Tout paraît tellement calme, tellement civilisé. Je restai là, à contempler Newhaven, les yeux remplis de larmes. Je me demandai où habitait le steward, s'il était en train de prendre son petit déjeuner ou de bricoler dans son jardin. En Angleterre, tout le monde se doit de posséder un jardin ; c'est comme ça, on le comprend immédiatement. Comme je viens de le dire, il ne pouvait pas faire une journée plus radieuse et l'Angleterre ne pouvait être plus belle et plus attirante qu'elle l'était en ce moment. Je repensai au gendarme en me disant qu'il cadrait bien dans le paysage. Si un jour il lit ces lignes, je voudrais qu'il sache combien je regrette d'avoir dû chier devant lui, tant il était délicat et sensible. Si j'avais pu imaginer qu'il allait rester là à me surveiller, je me serais retenu jusqu'à mon retour sur le bateau. Je veux qu'il le sache. Quant aux deux autres saligauds, je les avertis ici même que si jamais je les retrouve à nouveau sur mon chemin, je leur cracherai à la figure, et que la malédiction de Job soit sur eux pour le restant de leurs jours. Puissent-ils mourir dans la souffrance sur une terre étrangère !

Une des plus belles matinées que j'aie jamais vues. Le petit bourg de Newhaven niché au milieu des falaises de craie blanche. L'extrémité de la terre, l'endroit où la civilisation s'enfonce tout doucement dans la mer. Je me laissai aller à une longue rêverie et une paix profonde m'envahit. Dans de pareils moments, on a l'impression qu'il ne peut rien vous arriver de mal. Peu à peu, enveloppé dans la quiétude et l'engourdissement, je me mis à penser à notre New Haven (dans le Connecticut) où j'étais allé autrefois pour rendre visite à un prisonnier. C'était un type qui avait travaillé avec moi comme télégraphiste et nous étions devenus amis. Et puis, un jour, dans une crise de jalousie, il avait tiré sur sa femme et ensuite sur lui-même. Après son transfert de l'hôpital à la prison, j'étais allé le voir ; nous avions eu une longue conversation à travers un grillage. En quittant la prison, j'avais été frappé par la beauté du dehors et, instinctivement, je m'étais dirigé vers la plage la plus proche pour piquer une tête. Ce fut l'une des plus étranges journées que j'aie jamais passées à la mer. Au moment où je m'étais élancé du plongeoir, j'avais eu l'impression de quitter la terre pour toujours. Je me fichais royalement de me noyer, sans toutefois essayer de le faire. Quel sentiment merveilleux que de s'envoler en laissant derrière soi cet immonde fatras qu'on glorifie du nom de civilisation. À l'instant où j'avais refait surface, il m'avait semblé voir le monde avec un regard neuf. Plus rien n'était pareil. Les gens paraissaient étrangement lointains et détachés ; ils étaient posés çà et là, comme des phoques se séchant au soleil. Ce que je voudrais faire comprendre, c'est qu'ils me semblaient totalement dépourvus de signification. Ils faisaient simplement partie du paysage, comme les rochers, les arbres et les vaches dans les prés. Comment étaient-ils parvenus à prendre une telle importance dans l'univers ? C'était pour moi un mystère. Je les voyais clairement et distinctement comme des objets, des animaux ou des plantes. Ce jour-là, j'avais eu l'impression que j'aurais pu commettre le crime le plus effroyable avec une conscience pure. Un crime sans raison. Oui, voilà ce que j'avais souhaité intensément : tuer un innocent sans raison aucune.

Dès que le bateau eut mis le cap sur Dieppe, mes pensées prirent un tour différent. Je n'avais encore jamais quitté la France et j'y retournais avec cette marque noire de l'infamie sur mon visa. Qu'allaient penser les Français ? Peut-être procéderaient-ils à un contre-interrogatoire. Qu'est-ce que j'étais venu faire en France ? De quoi je vivais ? Étais-je susceptible de devenir une charge pour la société ? Soudain, je fus pris de panique. Supposons qu'on refuse de me laisser retourner à Paris ? Supposons qu'on m'embarque sur un autre bateau pour me renvoyer en Amérique ? Je fus saisi d'une trouille épouvantable. L'Amérique ! Être réexpédié à New York et y moisir comme un sac de pommes pourries ! Non, si on me jouait ce tour de cochon, je sauterais pardessus bord. Je ne pouvais supporter l'idée de retourner là-bas. C'était Paris que je voulais revoir. Jamais plus je ne gémirais sur mon sort. Peu m'importait si je devais passer le reste de mon existence à demander la charité. Mieux valait être mendiant à Paris que millionnaire à New York !

Je concoctai une merveilleuse harangue en français que j'avais l'intention de servir à l'administration. C'était une allocution si élaborée et si mélodramatique que la traversée de la Manche passa comme un rêve. J'étais en train d'essayer de conjuguer un verbe au subjonctif quand, tout à coup, je vis surgir la terre et les passagers se masser aux bastingages. Nous y voilà, pensai-je. Secoue-toi, mon vieux et déballe-leur tes subjonctifs !

D'instinct, je me tenais à l'écart des autres, comme pour ne pas les contaminer. Je ne savais pas trop quelle serait la procédure — un employé viendrait-il me chercher, ou bien le grappin allait-il fondre sur moi au moment où je poserais le pied sur le débarcadère ? Tandis que le bateau arrivait à quai, le commandant s'avança vers moi et, me prenant par le bras, exactement comme l'avait fait le gendarme, il m'emmena vers le bastingage et je me trouvai exposé aux regards des personnes qui étaient à terre. Quand il eut repéré celui qu'il cherchait, il leva la main gauche, l'index pointé vers les cieux, puis il me montra. *Une !* semblait-il dire. Une tête de pipe aujourd'hui ! Une tête de bétail ! J'étais plus stupéfait que honteux. C'était si direct et si logique qu'il n'était guère possible de se rebeller. Après tout, j'étais sur un bateau ; ce bateau allait accoster et j'étais celui qu'on attendait, aussi à quoi bon envoyer un télégramme ou un coup de fil, quand il suffisait de lever le bras et de faire ce geste ? Qu'y avait-il de plus simple et de moins dispendieux ?

Quand je vis l'homme aux mains desquelles on allait me remettre, je sentis mon cœur chavirer. C'était une brute épaisse, avec des moustaches noires en guidon de vélo et un énorme chapeau melon à moitié encastré sur de grandes oreilles appétissantes. Même de loin, ses mains ressemblaient à de gros jambons. En outre, il était tout de noir vêtu. De toute évidence, j'avais le sort contre moi.

Tout en descendant de la passerelle, je faisais des efforts désespérés pour rassembler des fragments de l'allocution que j'avais mise au point quelques minutes auparavant. Il ne m'en revenait pas la moindre phrase. La seule chose que je parvenais à me rappeler c'était : « Oui, monsieur, je suis américain — mais je ne suis pas un mendiant. Je vous jure, monsieur, que je ne suis pas un mendiant. »

« Votre passeport, s'il vous plaît !

– Oui, monsieur ! »

Je savais que j'étais condamné à dire et à répéter cent fois « oui, monsieur ». À chaque fois, je me maudissais de l'avoir dit. Mais que faire ? C'est la première chose qu'on carillonne à vos oreilles quand vous arrivez en France. Oui, monsieur ! Non, monsieur ! Au début, c'est dur à supporter, mais on s'y habitue et on finit par le dire sans même y penser et si quelqu'un y manque, on le remarque et ça lui porte tort. Par conséquent, quand on se trouve dans l'embarras, ce sont les premiers mots qui montent aux lèvres. « Oui, monsieur ! » Comme un vieux de la vieille.

Pour le moment, je ne l'avais encore dit qu'une fois ou deux, car comme le gendarme ce gars-là était du genre silencieux. Sa tâche consistait uniquement, et je le constatai avec joie, à m'escorter jusqu'au bureau d'un autre employé qui me demanda à nouveau mon passeport et ma carte d'identité. Cette fois, on me pria poliment de m'asseoir. C'est ce que je fis, avec un vif sentiment de soulagement et, en même temps, jetant un dernier regard sur la grande brute qui m'avait réceptionné, je me demandais où je l'avais déjà vue.

Après la séance de la nuit précédente, une différence me sauta immédiatement aux yeux : le respect de l'individu. Aujourd'hui, il me semble que même si on m'avait mis dans un bateau pour l'Amérique, j'aurais accepté mon sort avec calme. D'une part, il y avait la structure interne du langage. Ce type ne disait rien d'insensé, rien d'insolent, rien de bas, de méchant ou d'agressif. Il parlait la langue de son pays et cette langue obéissait à des règles internes issues d'une profonde expérience de la vie. Cette clarté était encore plus saisissante étant donné le chaos extérieur dans lequel il évoluait. À dire vrai, il était presque ridicule, ce désordre qui l'environnait. Cependant, il ne l'était pas entièrement, car ce qui le suscitait, c'était l'homme, les faiblesses et la faillibilité de l'homme. Dans ce désordre, on se sent chez soi, ce qui est le propre du désordre français. Après quelques questions de pure forme, il me laissa en paix. Je n'avais aucune idée du sort qui m'attendait, mais j'étais certain que, quoi qu'il décidât, son verdict ne serait ni extravagant ni malveillant. Sans dire un mot, je l'observais accomplir sa besogne. Son matériel ne paraissait pas très au point, que ce fût la plume, le buvard, l'encre ou la règle. On aurait dit qu'il venait de s'installer à son compte et que j'étais son premier client, mais comme il avait déjà une longue expérience de travail derrière lui, il n'était pas trop désorienté par ces petits contretemps. L'important, comme il l'avait appris au fil des années, c'était de tout consigner correctement sur les bons registres. Et aussi, d'avoir les timbres et les cachets adéquats pour donner à l'affaire son caractère légal et orthodoxe. Qui étais-je ? Qu'avais-je fait ? *Ça ne me regarde pas** ! Je l'entendais presque se le dire *in petto*. Il m'avait simplement demandé : « Où êtes-vous né ? Quelle est votre adresse à Paris ? Quand êtes-vous arrivé en France ? » et avec ces trois éléments mineurs, il était en train de confectionner un joli petit dossier à mon nom, au bas duquel il signerait le sien avec toutes les fioritures nécessaires, puis il apposerait les timbres revêtus du tampon *ad*

* L'astérisque signale les mots en français dans le texte.

hoc. C'était là son boulot et il l'avait parfaitement compris.

Il mit bien du temps pour en venir à bout, dois-je dire. Mais cette fois, le temps jouait en ma faveur. S'il l'avait fallu, je serais resté assis là à le regarder sans rien dire jusqu'au lendemain. Je me rendais compte qu'il travaillait dans mon intérêt, dans l'intérêt du peuple français et que nos deux intérêts étaient communs, parce qu'il était clair que nous étions tous deux intelligents et raisonnables et qu'il n'y avait donc pas de raison à ce que nous cherchions à nous faire du tort l'un à l'autre. Je suppose qu'il était de ces hommes que les Français appellent *quelconque**, ce qui n'est pas tout à fait pareil que personne en anglais, car en France, un monsieur Tout-le-monde ou un monsieur N'importe-qui est d'une espèce toute différente d'un monsieur Personne en Angleterre ou aux États-Unis. En France, un individu *quelconque* n'est pas personne. C'est un homme comme les autres, mais avec une histoire, une tradition et une lignée derrière lui qui le mettent parfois au-dessus d'un soi-disant Quelqu'un dans d'autres pays. Tout comme ce petit homme patient, affairé sur mon dossier, ils sont souvent négligés dans leur mise ; ils ont l'air un tant soit peu dépenaillés et parfois, disons-le carrément, ils ne font même pas très propres. Mais ils connaissent leur affaire et c'est déjà beaucoup.

Comme je l'ai déjà dit, il lui fallut un bon moment pour transcrire ces données d'un registre à l'autre. Il y avait les carbones à ajuster, les papillons à détacher, les petites étiquettes à coller et ainsi de suite. Entre-temps, il avait été obligé de tailler son crayon, de mettre une plume neuve à son porte-plume, de chercher ses ciseaux qu'il finit par dénicher dans la corbeille à papiers, puis il avait dû remplir son encrier, changer son buvard... et tant d'autres choses. Enfin, pour compliquer le tout, il découvrit à la dernière minute que mon visa français était expiré. Par délicatesse, peut-être, il se contenta de me *suggérer* que je ferais bien de le faire renouveler au cas où j'aurais l'intention de sortir à nouveau de France, dit-il. Je ne me montrai que trop ravi d'abonder dans son sens, tout en me disant qu'il s'écoulerait bien du temps avant que je ne songe à quitter la France. J'approuvai donc davantage par politesse et par considération pour la bienveillante ardeur qu'il avait déployée à mon égard.

Lorsque tout fut en ordre et que mon passeport et ma carte d'identité eurent regagné ma poche, je lui proposai respectueusement de venir prendre un verre au café d'en face. Il accepta aimablement l'invitation et nous nous acheminâmes tranquillement vers le bistrot. Il me demanda si je me plaisais à Paris. « Un peu plus amusant que ce trou, hein ? » ajouta-t-il. Nous n'eûmes guère le temps de bavarder, car le train devait partir dans quelques minutes. Je pensais qu'il finirait par dire : « Comment avez-vous fait pour vous mettre dans un pareil pétrin ? » — mais non, pas la moindre allusion à ce sujet.

Nous retournâmes sur le quai et, au moment où le sifflet retentit, nous nous serrâmes cordialement la main et il me souhaita bon voyage. Je m'assis et il était toujours là. Il agita la main en me répétant : « Au revoir, M. Miller, et bon voyage* ! » Cette fois, ce *monsieur Miller* raisonna agréablement et tout à fait naturellement à mes oreilles. Si agréablement et si naturellement même, que j'en eus les larmes aux yeux. Oui, au moment où le train quittait la gare, je me rappelle distinctement que deux grosses larmes roulèrent sur mes joues et vinrent tomber sur mes mains. De nouveau, je me sentais en sécurité et environné d'êtres humains. J'entendais tinter ce « bon voyage ». *Bon voyage ! Bon voyage* !*

Une petite brume ruisselait sur la Picardie. Elle donnait aux toits de chaume une plaisante couleur sombre et à l'herbe une teinte d'un vert plus profond. De temps à autre, un morceau d'océan surgissait à la vue pour être aussitôt englouti par d'ondulantes dunes de sable, puis des fermes, des prairies et des ruisseaux. Une campagne silencieuse et paisible où chacun s'occupait de ses affaires. Soudain, je me sentis si heureux que j'eus envie de me lever et de chanter. Mais je ne trouvai rien d'autre que « *bon voyage* ». Ah, quelle expression ! Toute sa vie, on bourlingue à droite et à gauche en marmonnant ces mots que nous disent les Français, mais le fait-on jamais, ce bon voyage ? Est-ce qu'on se rend compte que même lorsqu'on va au bistrot ou chez l'épicier du coin, c'est un voyage d'où l'on risque de ne jamais revenir ? Si on le ressentait profondément et si on se disait qu'à chaque fois qu'on sort de chez soi on s'embarque pour un voyage, la vie ne serait-elle pas un peu différente ? Pendant que nous faisons un petit voyage jusqu'au bout de la rue, à Dieppe, à Newhaven, n'importe où, la terre, elle aussi, fait son petit voyage et personne ne sait où, pas même les astronomes. Mais nous tous, que nous allions au coin de la rue ou en Chine, nous partons en voyage avec notre mère la terre et la terre se déplace avec le soleil, et avec le soleil, les autres planètes, Mars, Mercure, Vénus, Neptune, Jupiter, Saturne, Uranus, elles aussi, évoluent. Le firmament tout entier est en mouvement et si vous écoutez bien, vous entendrez « *Bon voyage !* » « *Bon voyage !* ». Et si vous restez immobile comme un piquet et que vous ne posez pas un tas de questions oiseuses, vous comprendrez que partir en voyage n'est en fait qu'une idée, qu'il n'y a rien d'autre, dans la vie, que le voyage, le voyage à l'intérieur du voyage et que la mort n'est pas le dernier voyage, mais le début d'un nouveau voyage et personne ne sait ni pour où ni pour quoi. Mais *bon voyage* quand même ! J'avais envie de me lever et de chanter en *ut* mineur. Je me représentais l'univers comme un réseau de chemins dont certains étaient enfouis et invisibles comme les sillons planétaires, et dans ce gigantesque glissement nébuleux, de çà et de là, dans les fantomatiques artères qui vont d'un royaume à l'autre, je voyais toutes les choses animées et inanimées se faire des signes ; les cafards aux cafards, les étoiles aux étoiles, l'homme à l'homme et Dieu à Dieu. Tous embarqués sur la grande piste de nulle part, mais *bon voyage* quand même. De l'osmose au cataclysme, rien qu'un grand mouvement silencieux et perpétuel. Rester immobile au sein de cette danse insensée, se déplacer avec la terre, même si elle vacille, se joindre aux cafards, aux étoiles, aux dieux et aux hommes, c'est ça voyager ! Et là-bas, à l'intérieur de cet espace où nous nous déplaçons, où nous laissons d'invisibles traces, serait-il possible que j'entende un écho lointain et railleur, une voix anglaise fluette et anémique me demander sur un ton incrédule : « Allons, M. Miller, ne me dites pas que vous écrivez aussi des livres médicaux ? » Mais si, bon Dieu, je peux maintenant le déclarer avec une conscience pure. Oui, monsieur Personne de Newhaven, j'écris des livres médicaux qui guérissent tous les maux du temps et de l'espace. En fait, à cet instant même, j'écris sur l'unique et grand remède de la conscience humaine : le sentiment du voyage !

Et au moment même où j'imaginais l'imbécile de Newhaven prêtant l'oreille pour m'entendre mieux, une grande ombre se profila devant moi et le chassa.

À l'instant où j'étais sur le point de me demander « Mais où donc ai-je déjà vu cette tête ? » j'en eus la révélation foudroyante. L'homme à la moustache de Dieppe, cette bobine que j'avais déjà vue quelque part, je l'identifiai soudain : c'était celle de Mack Swain [1] ! Il était le Grand Méchant Loup et l'autre gus était Samson Agonistes [2]. Il fallait simplement y penser. Et bon voyage. Bon voyage à tout le monde !

1. Acteur au physique de brute qui poursuivait Charlot dans les films muets de Chaplin.

2. Héros du poème dramatique du même nom écrit par Milton à la fin de sa vie.

UNE LETTRE

J'ai promis de dire quelque chose de la peinture, alors voilà : hier soir j'ai vu Hilaire Hiler pour ma première leçon, après des semaines de *pourparlers**. Si je ne l'aimais pas autant, je m'assiérais sur-le-champ pour crayonner un portrait de lui. Mais de toute évidence nous avons là un homme que nul ne souhaiterait blesser et, si je devais me lancer dans une « étude » de lui, cela donnerait une caricature. Parce qu'il *est* une caricature de lui-même. Et il le sait, et c'est ce qui frappe chez lui, et c'est ce qui fait qu'on le respecte, qu'on l'aime.

Dès le premier coup d'œil, on se sait en présence d'un artiste. Quelque chose cloche — d'emblée. Encore une victime de la vie. Un autre être souffrant. Une autre figure tragique. Cependant tout cela est sous la surface — c'est ce qu'on ressent, pas ce qu'on voit avec les yeux. Superficiellement, on voit un

* L'astérisque signale les mots en français dans le texte.

homme d'allure sympathique, au bon naturel, un peu ours. Un colosse avec des yeux très enfoncés et une drôle de tignasse faisant penser à une perruque. Chez lui — dans l'atelier — règne un ordre absolu. Un ordre terrifiant. Assez louche au demeurant. Sur les murs luisent des tubes de verre remplis de couleurs et rangés chromatiquement. Les peintures en cours claquent hardiment, assez fort pour emplir la pièce qui d'ailleurs est immense. Au milieu de celle-ci se trouve un modèle désuet de piano droit, tel qu'on pouvait en voir au temps du cinéma muet, tel qu'on peut encore en voir dans de petits music-halls comme Bobino, rue de la Gaîté, etc. Un énorme poêle cylindrique, bien astiqué, luit dans un coin. Il est incandescent, mais la pièce est froide.

Quelque chose d'insolite dans les toiles immenses, leurs couleurs hardies, le puissant *décor** qu'elles composent. On finit par se rendre compte que cette étrangeté provient de la nature de leur sujet. Ce sont des Indiens d'Amérique, aux silhouettes divisées sur d'impressionnants panneaux muraux. Ce sont des Indiens *Hiler*, singuliers, particuliers, facilement reconnaissables, comme toutes les figures humaines de Hiler, ou ses représentations de maisons, de rues, de cafés, de murs, etc. Ce sont donc des Indiens authentiques, et on a tôt fait de se sentir en terrain familier avec eux, avec leurs légendes hilériennes, leur espace hilérien, leur costume hilérien.

Étrange moment que celui de votre premier face-à-face avec un homme que vous connaissez seulement par son œuvre. Quand cet homme trahit la même appréhension, la même timidité à votre égard que vous au sien. L'embarras d'un artiste entrant en contact avec un autre. La peur. Le fourmillement névrotique. Et puis, bien sûr, fuse une plaisanterie, quelque chose pour rompre la tension. Une pincée de bouffonnerie, un soupçon d'autodénigrement, la recherche tranquille de l'instauration d'un rapport aisé, confortable.

J'étais venu pour ma première leçon — apprendre les rudiments de la peinture, comment user du médium, quels papiers employer, quelles couleurs, quels genres de crayon, etc. « Je ne puis vous apprendre à dessiner, déclare aussitôt Hiler, car je ne sais comment je fais moi-même. » Il a lu certains de mes manuscrits, particulièrement celui sur le *Cheval*, qu'il me dit avoir savouré. « Je pense que c'est bien l'approche d'un artiste », ajoute-t-il — ce qui me coupe la chique car j'avais écrit ce texte précisément pour montrer à quel point ma démarche était non artistique ! Bon, je passe vite là-dessus. Une petite amabilité de la part de Hiler — merci bien. Nous allons vers le mur du fond, contre lequel il a poussé sa table à dessin. Je remarque tout de suite qu'elle est inconfortable — doit-on se tenir debout devant cette table ou s'y asseoir ? Elle n'est pas à la bonne hauteur — pour moi.

Il manisfeste une certaine timidité que je ne comprends pas tout à fait. Il dit que c'est un peu difficile d'enseigner à une personne aussi intelligente que moi. Il ne semble pas croire qu'il sera un professeur très satisfaisant. Je l'assure que je ne sais rien — ce qui est vrai — et le presse de commencer par le tout début. Mais apparemment il est encore impressionné par ce qu'il a lu de moi. Tâtonnant pour trouver une amorce, il dit : « Bon, quand Degas dessinait un cheval, il faisait comme ça… » — et il commence à faire un chiffre huit couché sur le côté. Je me demande s'il ne se paie pas ma fiole. Je souris. Mais il continue son dessin, remplissant les flancs et le dos du cheval, ajoutant une encolure, une queue, quatre jambes, tout cela d'une main très libre. « Quelque chose dans ce genre-là, dit-il. Vraiment très simple, vous voyez ? » *C'est* un cheval, indubitablement, mais je suis un peu perplexe. Insinuerait-il que je ne devrais pas *lutter* ? Que je devrais juste faire joujou ainsi, essayer ceci et cela, jusqu'à obtenir quelque chose *d'approximatif* ? Et puis en rester là ?

Il sort une feuille de papier-calque. « Toujours bon à avoir sous la main », dit-il en souriant. Ce n'est apparemment pas aujourd'hui que je vais voir cet homme suer sang et eau sur son œuvre. À moins qu'il ne veuille pas m'intimider d'emblée. Le vàlà qui calque quelques-uns des bons traits de son dessin de cheval pour me montrer la vitesse d'obtention des résultats. Puis il ouvre un de ces grands classeurs qu'il a sur sa table de travail et en sort le dessin en couleurs d'un cheval, ou d'un renne, qu'il a fait dans un but quelconque. « Pas mal, n'est-ce pas ? Même technique, vous voyez. La plupart des peintres recourent à ce genre de trucs », ajoute-t-il. Et de mentionner quelques noms célèbres. Il m'est alors impossible de réprimer ma surprise. Je mentionne Van Gogh et ses tribulations — les pages et les pages de lettres qu'il écrivit à Théo, expliquant son corps à corps avec ses dessins — et *quel* corps à corps, et *quelle* angoisse ! Hiler semble préparé à cela. « J'ai l'impression que vous êtes un romantique, dit-il. Encore que vos écrits n'en révèlent rien… Vous n'êtes pas tendre quand vous écrivez. » Et là-dessus il sautille — Hiler sautille toujours pour exprimer ce qui peut lui venir à l'esprit… un trait que j'apprécie beaucoup chez lui… et hop ! — il sautille, dis-je, et produit trois vieilles reproductions de Van Gogh qu'il me présente comme autant de cadeaux. De ces cadeaux qu'un homme aime faire parce qu'il y a peut-être des années qu'il oscille entre le désir de s'accrocher à l'objet et l'envie de le jeter à la poubelle. Ma venue, le désir que je manifeste, voilà qui suffit à le soulager de toute culpabilité. Noblement dispensé. Pas de *lèse-majesté**. Pas de gâchis. J'apprécie fort. J'ai moi-même ce défaut. (*Mais* — par quelle alchimie se peut-il qu'à peine les Van Gogh en main je m'aperçoive qu'en réalité je n'en veux pas, que je ne m'intéresse pas autant que ça à Van Gogh le Peintre ? A-t-il fallu ce petit geste de Hiler pour me faire prendre conscience d'une perception en moi latente ? En tant que peintre, Van Gogh ne compte plus pour moi ! Il ne reste que la personne, la *légende* de Van Gogh, la figure tragique, symbolique.)

« On ferait aussi bien de ne plus parler de Van Gogh, fait soudain remarquer Hiler, ou alors la leçon va passer à l'as. Bien sûr, si vous voulez me payer pour que je discute avec vous, ça me va. Mais j'imagine que vous préféreriez prendre votre leçon, non ? Avez-vous jamais remarqué combien il est ardu de se tenir à une chose, de ne pas dévier du chemin ? » *Si je l'ai remarqué ?* Mais mon ami, vous énoncez mes pensées les plus secrètes ! Je n'ai pire souci !

Pendant toute la soirée, il a des petites phrases comme ça, qu'il lâche au hasard, mais elles tombent sur moi comme du plomb brûlant, avec l'effet qu'on peut en attendre. Chaque petite phrase découvre une nouvelle facette de sa personnalité. Chaque petite phrase m'apprend ce dont il souffre, ce qui l'empoisonne, ce qui le fait peindre de la façon dont il peint, ce qui lui fait *voir* ce qu'il voit. Je le paierais deux, trois, quatre fois plus — rien que pour glaner ces petites phrases.

Il s'affaire avec du papier de verre et un crayon à mine de plomb. « Important, le papier de verre, dit-il. Encore une chose pratique à avoir sous la main. » Il fait un petit tas de poudre de graphite. Il y a un prospectus près de son coude, où figure un paquebot faisant une de ces croisières autour du monde. « M'est avis qu'on va dessiner un bateau », dit Hiler, et de tracer quelques lignes erratiques en guise de vagues avant de poser dessus une petite embarcation de bois avec cheminées et hublots donnant sur la mer déchaînée ! Ce n'est pas pour me montrer comment dessiner — accordé. Non, c'est pour me montrer un petit truc avec juste un bout de papier et un peu de coton. Comment il est possible d'obtenir des effets de nuages, de couchers de soleil, de pluie, de grésil, de neige, etc. Si ridicule que cela paraisse — tout cela pourrait n'être qu'une blague de Hiler ! —, j'observe néanmoins fort attentivement, avec ferveur. Je suis réellement ébloui par ce qui doit sans doute éblouir même l'artiste le plus habile : *comme il faut peu pour produire un miracle !* Hiler vient de découper un morceau de papier, comme avec une scie circulaire. Il le tient juste au-dessus du bateau puis, après avoir pris de la poudre de graphite avec la ouate de coton, il entreprend de frotter les bords du *papier — swish, swosh* ! Et *presto* ! Comme Houdini sortant un lapin de votre poche, il a fait de magnifiques nuages, et de la pluie battante, et une éclatante boule de feu dans les cieux.

« Ou alors on pourrait tenir le papier ainsi, dit-il, et faire des arbres. Vous pouvez faire des arbres magnifiques de cette façon — que je vous montre ! » Il fait deux arbres. Et si on tenait le papier d'une autre façon, j'imagine que des maisons surgiraient, et d'une autre, des gens, et d'une autre, des animaux, et d'une autre, des rivières, et d'une autre encore, des montagnes. Et tout cela avec une bande de papier découpée à la va-vite, de la ouate de coton et un peu de poudre de graphite ! C'est merveilleux : je m'attends à ce que la Nature entière émerge de cette trinité mécanique. Je m'attends à des miracles.

Je lui montre le petit tortillon, qui sert à estomper, que j'ai généralement dans ma poche. Je lui explique qu'un peintre bien connu m'a conseillé de ne jamais m'en servir. Il éclate de rire. « Nous vivons au XXe siècle. Le temps a son importance. Giotto, Botticelli, Titien, Rembrandt — ces lascars avaient plein de temps. Ils pouvaient se donner du mal. Nous devons trouver des méthodes plus directes, plus rapides. Utilisez tout ce que vous voulez, essayez tout ce qui vous plaît — ce sont les résultats qui comptent. »

Il se déplace sans cesse — d'abord pour me montrer une peinture illustrant ceci ou cela, puis pour trouver une feuille propre (il répugne à utiliser son bon papier, naturellement !), puis pour trouver un pinceau adéquat, puis pour faire pisser le chien, puis pour voir si quelqu'un n'a pas frappé en bas (visiteurs imaginaires), puis pour mettre un peu de charbon dans le poêle, puis pour me montrer le dessin d'un fou, puis pour me lire un passage d'une revue de psychanalyse, etc. Reste que toute cette activité s'insère fort bien dans la leçon. *Elle y a sa place.* Si j'étais allé voir M. Henri Matisse ou M. Pablo Picasso, à supposer que ces lascars eussent daigné donner une leçon à un type comme moi, et si je les avais payés vingt fois plus que Hiler, je doute qu'ils m'eussent aussi bien instruit — et d'aussi divertissante façon. Je suis à présent certain d'être instruit. Plus encore par les interruptions, les digressions, les à-côtés, les illustrations pourtant superflues, que par les aspects techniques de la leçon. Lorsque, par exemple, il m'instruit des usages des divers papiers, il me prie de le suivre en haut, dans le réduit où se trouve son meuble-classeur. Nous ouvrons un fichier marqué d'un certain symbole magique où sont rangées, soigneusement pliées, étiquetées, annotées, toutes les variétés de papier dont on a usé par le passé, dont on use actuellement et dont on usera peut-être à l'avenir. Il y a un numéro de repérage pour « papier », tout comme pour « paranoïa », ou pour « Stravinsky », ou pour « tuberculose ». Mon cœur tressaille à la vue de ses fiches. C'est le fameux système d'indexation belge, avec lequel j'œuvrais dans le Bureau de la recherche industrielle, à New York, en 1917 ou 1918. Il permet d'indexer les données les plus ténues, les plus subtiles, les plus indéfinissables, les plus insaisissables. Il a pour fonction de remettre de l'ordre dans ce monde chaotique. On doit *se convertir* à ce système, faute de quoi il reste rébarbatif. En tout cas, ici, sur un nombre considérable de fiches, d'une écriture soignée, lisible, Hiler a noté la substance de ses livres — ceux déjà publiés et ceux à venir. Il a en poche quelques fiches vierges, afin de pouvoir y coucher ses idées dès qu'elles lui viennent, et les classer aussitôt après. Le livre s'écrit tranquillement tout seul dans le tiroir pendant qu'il dort. C'est un livre portatif, un livre extensible, le livre que vous jugerez loisible de faire. Vous pouvez glisser un chapitre dans votre poche arrière, ou une simple page. Et à côté des fichiers veillent les trois gros volumes de l'Index, renfermant la clef des mystérieux symboles qui permettent d'arpenter *à discrétion** le monde des phénomènes et le monde des idées. Dès lors, ce n'est plus une leçon sur le papier, mais une leçon de sociologie. Une leçon portant sur le premier de tous les principes artistiques — l'ordre. Si l'on veut recréer le monde à sa propre image, on doit d'abord savoir en chercher les parties, savoir *où* les chercher.

Quand nous voilà revenus à la table de travail, je remarque que nous travaillons dans notre ombre, que la table est placée dans le coin le plus faiblement éclairé de la pièce, qu'un courant d'air nous arrive sur la tête, venu de la grande fenêtre au-dessus, que les choses dont on a besoin ne sont pas précisément à portée de main. J'en fais part à Hiler. Il en convient tout à fait. « Je suppose que je ne pourrais être plus heureux qu'en travaillant suspendu au plafond, la tête à l'envers. » Voilà une autre de ces petites phrases que j'ai mentionnées précédemment. Celle-ci fait mouche dans mon esprit. Chaque fois que j'ai rencontré un artiste authentique, presque sans exception, je l'ai trouvé travaillant dans des conditions défavorables. Et par là je n'entends pas seulement la pauvreté, mais des conditions dont lui-même est responsable, qu'il pourrait améliorer en moins de deux, si ce n'est que le plus facile pour autrui est la chose la plus difficile au monde pour lui. Au commencement, peut-être bien, oui — *la pauvreté.* Mais longtemps après que le pire est passé, je retrouve cet artiste agrippé à son exécrable environnement, à ses mauvaises habitudes, à ses entraves Comme si la résistance offerte par le médium en soi ne lui suffisait pas, ou n'était pas assez objective, pas assez concrète. Il l'augmente, la renforce, l'amplifie par une négligence inconsciente en ce qui concerne ses instruments, ses outils, son atelier, etc. J'ai très rarement rencontré un écrivain qui avait une machine à écrire en bon état de marche, qui nettoyait régulièrement entre les touches, qui changeait assez souvent le ruban. Pas une fois, *jamais* je n'ai rencontré un écrivain soucieux de jouir d'un siège confortable, comme c'est le privilège de toute sténo ou dactylo. On pourrait penser que cet objet essentiel, la chaise qui soutient son dos fatigué, constituerait sa première préoccupation. On pourrait penser qu'il apprendrait à taper avec rapidité et précision.

Qu'il se procurerait la lampe adéquate. Non — rarement. Quasiment jamais. Les plus grands chefs-d'œuvre du monde sont écrits sur des machines déglinguées ou avec de malheureux bouts de crayon. La souffrance qui produit le chef-d'œuvre est soulagée par l'inconfort physique, la douleur, la torture qui accompagne chaque page « tournée », et comment, de la main de l'écrivain. J'ai vu des artistes — des écrivains — qui, au lieu de faire réparer leur machine, préféraient se mettre au supplice jour après jour dans l'accomplissement des tâches les plus grotesques. Je connais un écrivain qui, lorsque le ressort de sa machine a cassé, s'est échiné à fixer un poids et une poulie de part et d'autre de son bureau, pour se retrouver avec un dispositif efficace à seulement dix pour cent. Chaque chose chez cet homme était grotesque — l'orientation des lampes, l'étagère servant de bibliothèque, les références qu'il avait accumulées, etc. Tout était en ordre, dans son esprit, et c'était en effet un ordre, un ordre élaboré — sauf qu'un observateur neutre y aurait vu le comble du désordre. C'était *son* ordre. Qui était assorti à son écriture. Qui épousait son tempérament, sa personnalité, ses défauts intérieurs. Il y a d'autres écrivains qui vivent dans des chambres d'hôtel, des petites piaules miteuses au dernier étage, avec tous les inconvénients imaginables, mais qui préfèrent cet arrangement-là. Ils peuvent écrire dans ces conditions. Et quand vous leur rendez visite, vous trouvez tout par terre ou sur le lit. Il arrive qu'un manuscrit entier soit jeté dans la corbeille par erreur, qu'un autre se retrouve chez le blanchisseur, au milieu du linge sale.

Il en va de même pour les peintres, naturellement. Si l'un d'eux a cinq bons pinceaux près de son coude, il en prendra généralement un sixième, vieux et usé, mais auquel il est accoutumé, et que, par miracle, il fera servir à ses fins. Dans une pièce que seul un clochard trouverait habitable, un peintre passera sa vie, une vie famélique, misérable, mais si riche en choses spirituelles qu'il est à peine conscient du calvaire qu'il s'inflige. Pratiquement toutes les grandes toiles viennent de misérables galetas, et même celles qui, plus tard, sortent d'ateliers richement équipés sont en réalité issues elles aussi du galetas. Si elles ne portent pas la marque du galetas, c'est qu'elles n'ont aucune valeur, c'est que l'artiste est mort. Et peu nombreux sont les artistes qui peuvent supporter de changer d'état, de passer de la misère et de la pauvreté à des conditions salubres, acceptables, saines. Seuls les très grands le peuvent. Les autres sont conditionnés. Quand sonne la cloche ils ont l'eau à la bouche.

D'une façon ou d'une autre, la personnalité de l'homme — Hiler — a réussi à absorber ses handicaps, et ce n'est que quand lui-même attire l'attention sur ceux-ci (ce qu'il ne manque pas de faire) qu'on en prend véritablement conscience. Son immense vitalité, son immense curiosité, son immense enthousiasme noient tous les facteurs dérangeants. Si cet homme tellement humain, simple et direct, était un monstre, ce serait un monstre aux dehors engageants. Or, Hiler n'est pas un monstre, contrairement à ce que voudrait la légende. Il a le visage d'un homme qui a souffert — le visage qu'on voit dans les portraits de Nietzsche, de Dostoïevski, de Lawrence, de Strindberg, de Van Gogh, de Baudelaire, le visage que Rembrandt a peint sous des milliers de déguisements, le visage que Cézanne traquait chez les vieillards de Paris, le visage étrange, inquiétant, inscrutable d'un Poe, d'un De Chirico, d'un Dalí. Il s'intéresse à son visage — en profondeur. Il s'est fait prendre des dizaines de fois en photo — et finalement il en a trouvé une d'où est absente toute trace d'anormalité. C'est celle qu'il vous présente. Elle est monstrueuse. Monstrueuse car elle ne ressemble en rien à Hiler tel que vous le connaissez. C'est comme un buste sans yeux. C'est le visage qu'il aimerait présenter au monde. Mais c'est futile. Son visage pointe dans chaque tableau qu'il fait, dans chaque mur insolite, dans chaque rue folle, dans chaque port tropical. Se référant avec désinvolture à un de ses tableaux dont je lui ai fait remarquer qu'il évoquait l'œuvre d'un *fou**, il a très volontiers admis qu'il devait être complètement cinglé à cette époque. « Regardez donc, dit-il en déversant un flot de photos sur la table. Ce que les gens y voient, je n'en ai pas la moindre idée. J'étais fou à l'époque — c'est évident. » Et il commence à me raconter ses obsessions, à me parler de l'immonde lépreux qui le suivait, du trou noir qu'il a vu un soir qu'il était tout seul dans son atelier, de sa hantise de la castration, etc. Je regarde une de ses peintures, intitulée *Terrain à vendre*. Tableau étrangement intéressant ! Des arbres morts et des branches rabougries, un sentier caillouteux, une sorte d'auvent de couleur vive destiné à on ne sait quel usage. Et, debout sur le sentier, un homme et une femme de bandes dessinées. L'homme pourrait presque être Chaplin. L'homme est Hiler, Hiler le Bouffon, l'homme qui va acheter un terrain vague où il n'y a rien, rien que des arbres morts, des branches rabougries, de vagues pancartes, des cailloux, des auvents, des gens vagues eux aussi, qui vont et viennent et achètent ou n'achètent pas, et une fois ce terrain vendu apparaît un autre, exactement identique au précédent, et il y en a des millions comme ça, et les gens vont vivre dans ces terrains vagues et il y aura encore plus d'arbres morts, plus de branches rabougries, plus de cailloux, plus d'auvents incongrus.

Hiler le Bouffon ! Comme il le sait bien ! En partie son sentiment de culpabilité, une névrose, et puis quoi ! *On se verra à Toulon*, tel est le titre d'un autre tableau. Un palmier, un coin de café sans chaises ni tables ni gens, et, à l'arrière-plan, s'élevant mollement à l'horizon, un morceau de carton aux bords irréguliers, avec un trou au milieu. Ce pourrait être le même papier cartonné dont il se sert pour faire les nuages, les arbres, le grésil, la pluie battante. Les mêmes bords dentelés. Sauf qu'il y a un trou. « Et qu'est-ce que ça pourrait représenter ? » fais-je d'un ton amusé. « Probablement une femme », répond Hiler, un doigt pointé vers le trou… *La période folle.*

Durant toute cette période, et ses peintures de ce genre sont si connues que point n'est besoin de m'y appesantir, un phénomène obsessionnel est remarquablement perceptible : une vraisemblance des moindres détails plus précise encore que celle qu'enregistre l'appareil photo, ou du moins telle est l'impression qu'on en retire. *Parc dans le Midi* ressemble fortement aux illustrations qu'on trouve dans les jeux de construction pour enfants. On peut démonter l'image, tout comme dans ces jeux. La réalité a été recomposée, mortaisée au moyen de lignes et de couleurs. Il y a une troisième dimension, mais elle est adventice, *inutile**. Tout aurait pu aussi bien être en deux dimensions. La vie en trompe l'œil, en *décor**, comme une fresque. La vie construite à la règle et au compas. La vie bidimensionnelle, comme nous la voyons de nos jours de la fenêtre d'un train. La vie mécanique, telle que nous l'apercevons sur les affiches publicitaires. La vie frelatée, telle que nous la goûtons dans les vitrines des drugstores. La vie dépeuplée, vide, telle que nous la voyons dans *Parc dans le Midi*, un parc jonché d'objets absurdes faits de pièces de jeux pour enfants — arbres, grillages, mur, étang, gazon, rampe, lac. Un parc non fréquenté par les êtres humains. Un parc pour le fou d'un dimanche après-midi. Un parc pour un touriste des Alpes fatigué avec un sac sur l'épaule, un Kodak à la main, un chronomètre dans la chaussette.

L'aspect dérangeant de ces tableaux « fous » est leur terrible vraisemblance. Leur horreur consiste dans le fait que *c'est* un parc *dans le Midi**, que *c'est* une rue à Paris ou à New York ou n'importe où, que ce sont des murs semblables qui nous entourent. Le fait est que nous vivons dans une maison de fous, et que seuls les plus sensés d'entre nous le perçoivent. Le fait est que Hiler est l'un de ces fous sensés dont la santé mentale est une maladie, une malédiction, un fléau. Le fait est que la vie tend de plus en plus à ressembler à ces tableaux.

Et pourtant, si précises qu'elles soient, ces représentations de la réalité sont inadéquates. C'est la réalité de surface. C'est l'œil plongé dans le grand trou noir d'un boîtier pour regarder à travers un objectif parfaitement réglé. Un voile le couvre. Et Hiler le sait. Il a délaissé cette méthode, cette technique.

Nous revenons à Van Gogh, à ses lettres. Je parlais de leur grand intérêt humain, de leur contribution à la littérature, contribution réelle et de valeur, en dépit des pires défauts qu'on puisse concevoir, défauts aussi bien détectables dans ses peintures. Et Hiler me dit : « Mais oui, évidemment qu'un peintre peut bien écrire. Un peintre qui a quelque chose à dire peut s'exprimer avec des mots aussi bien qu'en peinture. Et vice versa pour un écrivain. » Et de mentionner Léonard de Vinci, Gauguin, Michel-Ange. Que ce soit vrai ou non, ce qui m'intéresse est son choix d'exemples. De Léonard de Vinci, il saute à Picasso — une transition très aisée, très naturelle, très juste. Les hommes de la Renaissance. Des individualités. Des hommes qui peuvent tout faire, des hommes qui essaient tout. Des hommes entiers — pas des fragments, comme nous en voyons aujourd'hui. Je pense à ce que Hiler me dit de Picasso — la profondeur de ces esquisses brutes, dépouillées — et soudain je me rappelle ce que mon ami Cronstadt dit de Picasso. Tous deux ont saisi une vérité sur Picasso et, cependant, l'un met l'accent sur ceci et l'autre sur cela. Hiler flaire sa sagesse, sa grande qualité métaphysique. Cronstadt s'enthousiasme pour la nature de sa créativité. Cronstadt voit l'explorateur, le pionnier, l'inventeur, le poète. Hiler voit *l'homme.* Hiler voit toujours l'aspect *humain* des choses. Cronstadt ne voit que l'aspect technique, créatif, des choses. Tous deux sont dans le vrai. Mais Hiler embrasse un plus grand domaine. Les portraits de Hiler sont plus engageants, plus chaleureux, plus vivants, plus tangibles. Cronstadt, en parlant de l'œuvre héroïque de Picasso, privilégie la nature des découvertes de l'homme. « Il y a quelque chose dans ses peintures, dit-il, qui me fait penser à Dieu créant l'Univers. Il y a quelque chose de terrible là-dedans, une lutte avec des forces grossières, une magie, quelque chose créé à partir de rien. » Sans doute, et l'on ne saurait trop insister sur cet aspect. Et pourtant, cette image de labeur si chère à Cronstadt — car si caractéristique de ses propres travaux — ne résume pas tout, n'est même pas absolument exacte. *En tant qu'image*, bien sûr.

L'immense productivité de Picasso, sa fertilité, son inventivité, toutes ces notions nous ramènent, bon gré, mal gré, à cette conception enracinée de la déité qui fait de l'image d'un charpentier le symbole du pouvoir inconnu. C'est la représentation occidentale de la création — une fabrication prodigieuse, par le pouvoir de la volonté. Elle implique la présence du matériau. Elle implique les moyens, les ressources. *Au commencement était le Verbe et le Verbe était avec Dieu* — etc. Non, l'image que nous présente Picasso me semble être plus celle d'un Vulcain forgeant ses foudres dans quelque sombre monde souterrain. Sauf que, au lieu de foudres, il devrait s'agir de *gonds*. De nouveaux gonds, d'anciens gonds, de toutes sortes de gonds. Mais essentiellement de gonds, car Picasso est occupé à créer une nouvelle articulation pour la nouvelle structure qui va s'ériger d'elle-même sur les fondations de l'ancienne. Et il n'est point de limites à sa tâche car le monde est complètement déjanté — *disloqué.* Tout ce sur quoi se pose son œil révèle la même insuffisance, la même ankylose, qui, justement parce qu'elle est un désordre structurel, est le signe du plus grave désordre spirituel. Picasso travaille sans interruption aux jointures de la création. Il ne finira jamais sa tâche, il ne se déplacera jamais vers un nouvel ordre de création. C'est une tâche métaphysique — une tâche mécanique, par conséquent. C'est organique, physiologique, anatomique, structurel, spirituel. Mais c'est la tâche d'un Vulcain, d'un forgeron de nouveaux moyens d'articulation, et tant que chaque chose créée ne sera pas nouvellement articulée, il ne pourra y avoir d'ordre, de superstructure synthétique, robuste et vitale. La seule sorte de création désormais possible, et en cela consiste la suprême valeur des travaux de Picasso, est la création au niveau des racines. Et pour apprécier pleinement son œuvre, un œil microscopique est requis, un œil capable de percevoir les choses *histologiquement.* Car nous devons considérer ici les commencements de la croissance, les origines de la vie cellulaire, leur forme, leur structure, leur disposition, leur fibre, leur ton, leur couleur, leur chimie. Ce qui entrave l'œuvre de ceux à venir, de ceux qui vont suivre Picasso, est le fait que le vieux monde ne meurt pas assez vite. Il n'y a pas assez de compost, pas assez de fertilisant pour alimenter la nouvelle croissance cellulaire. Ceux qui ont déjà perçu la nature de l'œuvre de Picasso, sa nécessité, sa valeur, se trouvent étrangement empêtrés dès qu'il s'agit de le dépasser. Picasso a la rare vertu de savoir fixer un seul but, une seule idée, l'étendue et la variété de son œuvre n'étant pas une indication du contraire. Il poursuit son idée comme un métaphysicien peut le faire. Il travaille comme un artisan ; il pense comme un dieu. Si tout son labeur est création pure, c'est seulement parce que chaque tâche est déjà accomplie à l'avance. Il ne mérite aucun crédit pour son activité phénoménale. Il est né avec la constitution d'un titan. Il œuvre tel un titan. Mais, mieux que tout, il *pense* comme un titan. À la limite, si saugrenu que cela puisse paraître, Picasso n'est que pensée pure. Il n'a qu'un défaut — *n'être pas Dieu.* Dieu, quel qu'il soit, fut celui qui *créa* l'Univers. Personne ne comprend ça. Personne, jamais, ne comprendra Dieu.

Et donc, à part Picasso qui continue en un courant infini de création pure, les artistes d'aujourd'hui sont divisés dans leurs labeurs. Une part du temps et de l'énergie de chacun d'eux est consacrée à la *destruction*, destruction volontaire, intentionnelle, délibérée.

LA TARTE LUMINEUSE

C'est merveilleux de se retrouver en Amérique comme un étranger. Plus merveilleux encore si l'on ignore tout d'elle. On comprend en un clin d'œil, rien qu'à se promener dans la rue. Les journaux peuvent bien mentir, les magazines affabuler et les politiciens truquer la réalité, la rue, elle, est hurlante de vérité. En baguenaudant, je vois des hommes et des femmes qui se parlent, mais ils n'ont aucune conversation. Je vois partout de la publicité pour des bières ou du vin, mais nulle part il n'y a de bière ni de vin. Sur toutes les tables, le même verre d'eau glacée, à chaque fenêtre, les mêmes fanfreluches clinquantes et, sur chaque visage, la même histoire sans intérêt. Cette similitude en tout est consternante. Elle est pareille à un cancer qui prolifère. La maladie se répand, elle gagne et grignote jusqu'à ce qu'il ne reste plus que cette chose même : le cancer.

Chaque jour, chaque heure, chaque minute, l'Amérique devient plus américaine. On dirait que le flot des immigrants, ces grandes vagues déferlantes de sang étranger qui ont submergé le gigantesque organisme américain, s'est révélé inefficace contre ce mal. Aujourd'hui, il n'entre plus de sang neuf. Le cœur a cessé de pomper. C'est la course entre les morts et les vifs. Aujourd'hui, les germes ont le champ libre ; il faut que la maladie suive son cours. Et la maladie suit son cours. Le monde entier est en voie de contamination rapide par ce virus. Impossible d'y échapper, où qu'on aille. Même les Chinois sont infectés. Le monde entier doit être contaminé avant que puisse se produire une accalmie — si jamais il y en a une.

Inutile de rêver au salut économique : la lutte n'est pas entre les favorisés et les défavorisés, mais entre l'Amérique et le reste de l'univers. La question est la suivante : l'Amérique détruira-t-elle le monde, ou l'Amérique sera-t-elle détruite ? Qu'on trouve un traitement contre le cancer, par exemple, ne voudra pas dire que le cancer sera éliminé. Au contraire, il risque de fleurir avec plus de luxuriance que jamais. Peut-être ne nous fera-t-il plus peur, c'est tout. Et que nous vivions dans la hantise du cancer ou non, la cause du cancer demeurera.

Au moment où le bateau arrivait dans le port, je me disais que le fait de voir la ville se profiler pourrait avoir quelque effet sur moi. Après tout, c'est là que je suis né, tout près du fleuve, et j'ai grandi avec cet horizon mouvant. J'avais bien le droit d'espérer ressentir un petit frisson, un appel, un petit reste d'émotions oubliées. Mais non, je voyais tout cela exactement comme je l'avais toujours vu, le cœur serré et avec un pressentiment de malheur. Tout me paraissait familier, sinistre et laid, comme lorsqu'on s'éveille d'un rêve. C'est ce qu'on éprouve habituellement quand on parle de « réalité », pensai-je. Si partir en Europe est une forme d'évasion, une fuite hors de soi-même et de la réalité, je savais désormais que j'étais de retour et que *c'était ça, la réalité.* Ou, du moins, c'est ce qu'elle aurait dû et aurait pu être si je n'avais pas goûté à une réalité plus intense pendant mon séjour loin de mon pays natal.

Je retrouvais soudain tout ce que j'avais quitté — les mêmes visages, les mêmes voix, la même criante stupidité. Je me rappelais qu'il en avait toujours été ainsi et c'était la raison pour laquelle je m'étais enfui. Rien, fondamentalement, n'avait changé, sauf ce qui avait empiré. Et si les choses avaient empiré, c'était parce que moi, j'avais changé. Auparavant, en effet, je ne connaissais rien d'autre, par conséquent, je pouvais excuser ou ignorer, mais, maintenant, je savais que la seule chose à faire, c'était d'essayer de comprendre. À dire vrai, j'avais presque oublié à quoi ressemblaient mes compatriotes ; ce qui peut paraître incroyable, étant donné que même à Paris on trouve des Américains. Mais un Américain isolé à l'étranger, c'est tout différent d'une population compacte d'Américains en Amérique. C'est une chose de prendre un verre avec un compatriote américain à la terrasse d'un café et c'en est une autre de se retrouver parmi eux sur leur propre sol, de voir des millions et des millions d'entre eux et personne d'autre. Quand ils fourmillent en troupeaux, leur caractère véritable se révèle. On ne peut se tromper sur leur compte quand ils font tous la même chose, prononcent les mêmes mots et sont atteints des mêmes maladies. On ne peut faire d'erreur sur *ce* qu'ils sont et *qui* ils sont, puisque la seule différence entre un flic qui fait sa ronde et le président d'une grande société, c'est l'uniforme.

À chaque endroit familier où je passe, à chaque chose que je reconnais, je reçois un nouveau choc, je ressens comme un coup de poignard. À tous les coins de rue surgit le souvenir de mon ancienne détresse, du désespoir, de la faim et de la désillusion. Je me revois, marchant dans ces rues, dix, quinze, vingt ans auparavant, rageant et jurant sans cesse. Je parle de l'époque qui a précédé la crise. Ce qui arrive aujourd'hui à ces hommes et à ces femmes, j'y avais goûté bien avant que le rêve s'évanouisse. Je sais que si je n'étais pas parti en Europe, rien n'aurait changé pour moi. Je serais toujours inconnu, rejeté, comme un vieux rossignol sur un tas de ferraille. Ici, rien n'a ni valeur ni durée, pas même les gratte-ciel. Dans le métro, j'ai l'impression d'être à la morgue ; les corps sont étiquetés et numérotés et leur destination clairement indiquée. En déambulant entre les murs froids et rigides qui succèdent au scintillement des vitrines, je croise des hommes et des femmes qui marchent, qui parlent, qui rient, parfois, où marmonnent tout seuls, mais ils marchent, parlent, rient et jurent comme des fantômes. La journée déborde d'activité, la nuit est remplie de cauchemars. En apparence, le système fonctionne sans à-coups — tout est huilé et astiqué. Mais, quand sonne l'heure du rêve, King Kong pénètre dans les maisons en fracassant les fenêtres ; d'une main, il renverse les gratte-ciel. « Âmes des gratte-ciel ! » Tel avait été le dernier message venu d'Amérique, que je reçus sur les Champs-Élysées, la veille de mon départ. Aujourd'hui, je chemine à travers de magnifiques tunnels en compagnie des autres rats d'égout, et je lis : « *Ça fait du bien de changer de laxatif.* » Tout est mieux, moins cher, plus savoureux, plus hygiénique, plus sain et plus beau qu'ailleurs. Tout est devenu plus extraordinaire, plus colossal, plus ceci et plus cela. Et pourtant, rien n'a changé. C'est merveilleux. Nous avons dépassé le stade du superlatif — nous voici dans la section des mathématiques supérieures.

En traversant la salle d'attente de Pennsylvania Station, j'éprouve un sentiment d'irréalité, je comprends ce que c'est que de vivre entre deux mondes. Quelque part, entre la salle d'attente de Pennsylvania Station et le monde fantôme de la gent publicitaire, se situe la réalité. Le train est sur la voie de garage, son chargement roule au milieu des astéroïdes. Les passagers se tiennent dans le couloir en attendant la résurrection. Ils attendent comme le piano que j'ai vu ce matin dans les toilettes d'une cafétéria. Inventer quelque chose de différent de cet état de fait exigerait qu'on fasse acte de création — et c'est impossible. Nous avons engendré quelques surprises, de nature violente, mais aucune création. Il est possible que la tarte lumineuse [1] que Céline avait choisie dans un restaurant self-service se métamorphose en un flamboyant flamant rose. En effet, la ville tout entière pourrait déployer ses ailes pour aller se noyer dans la mer Morte où, m'a-t-on dit, il y a maintenant de somptueux casinos et des salles de jeu.

La ville de New York est pareille à une gigantesque citadelle, à une moderne Carcassonne. En se promenant au milieu de ces magnifiques gratte-ciel, on sent, tout autour, la présence d'une populace hurlante, furieuse, une populace au ventre vide, une populace en guenilles et mal rasée. Les combats se déroulent jour et nuit, sans répit. Les résultats sont nuls. L'ennemi est toujours aux portes ; le clairon n'arrête pas de sonner. Si un jour un tout petit homme s'échappait de la citadelle, se faufilait hors des portes et se dressait devant les murailles afin que tout le monde puisse le voir, si une seule fois tout le

1. Allusion à un épisode de *Voyage au bout de la nuit* (*N.d.T.*).

monde le voyait comme il faut, voyait que c'était un homme, un tout petit homme, peut-être même un juif, alors, ce petit homme, d'un seul souffle de ses poumons, serait capable de renverser les murs de la citadelle. Tout s'écroulerait sur-le-champ. La seule présence d'un homme à l'extérieur des portes ferait tout disparaître. Arrêt. Arrêt total. Tout le bataclan dégringolerait par terre, comme le jouet qu'un enfant laisse tomber en s'endormant.

Ces visages ! Aucune angoisse, aucun tourment, aucune souffrance ne s'y lit. J'ai l'impression de parcourir un monde perdu. Ce que je voyais il y a des années sur les couvertures des magazines, je le vois aujourd'hui en réalité. En particulier, le visage des femmes. Cet air doux, insipide et virginal des Américaines ! Doux et virginal à la nausée ! Les putains elles-mêmes ont cette figure douce et virginale. Elles correspondent exactement aux titres des livres et des revues. C'est une victoire pour les rédacteurs en chef et les éditeurs, pour les illustrateurs minables et pour cette gent publicitaire remplie d'imagination. Plus aucune réticence pour acheter. C'est du gâteau. Palmolive, Father John, Ex-Lax, Lydia Pinkham, Peruna — voilà les conquérants !

Le visage de la femme américaine est le repère de la vie du mâle américain. Le sexe se situe soit au-dessus, soit au-dessous du cou. Aucun phallus américain n'atteint jamais le centre vital. C'est ainsi que l'on obtient une reine superbe et burlesque avec le corps superbe d'une déesse et l'âge mental d'une enfant de huit ans. Dans toutes les boîtes de strip-tease, des essaims de splendides nymphomanes sexuées ou désexuées à volonté. Elles se trémoussent et se tortillent devant un public de masturbateurs mentaux. Dans le monde entier, il n'existe pas de corps comme les leurs, rien qui puisse leur être comparé sur le plan de la beauté et de la perfection physique pure. Mais si seulement on pouvait les décapiter ! L'addition de cette tête, de ce visage doux et virginal, est à vous briser le cœur. On dirait des pièces neuves qui n'ont jamais été mises en circulation. Chaque jour, une nouvelle fournée sort de la frappe. Elles s'empilent ; elles inondent les voûtes du Trésor public. Pendant ce temps, à l'extérieur, se tient une populace insatiable, une populace affamée. On a pillé le monde de fond en comble, la moindre petite parcelle d'or a été fondue pour fabriquer ces pièces neuves et toutes brillantes — mais personne ne sait comment faire pour les mettre en circulation. Elle est là, la femme américaine, ensevelie sous les voûtes du Trésor. Les hommes l'ont créée à leur image. Elle vaut son pesant d'or — mais personne ne peut l'atteindre, ni la toucher. Elle est couchée dans un coffre-fort, le visage resplendissant, et sa chair d'or tombe en friche.

Je vais au bureau de tabac pour acheter des cigarettes qui ne bénéficient pas de trop de publicité et qui, par conséquent, sont certainement plus à mon goût que les autres. Je vois des étalages de livres remplis de la meilleure littérature mondiale : des œuvres de Goethe, Rabelais, Ovide, Pétrone, etc. On pourrait croire que les Américains se sont tout à coup découvert un penchant irrépressible pour les auteurs classiques et qu'en une nuit ils sont devenus un peuple cultivé. Oui, on pourrait le croire — si on se bouchait les oreilles et si on se bandait les yeux. On pourrait s'imaginer que ce prétentieux déploiement d'une imposante littérature est l'indice d'un éveil. Mais il faudrait être un rêveur, ne jamais aller au cinéma et ne jamais lire les journaux.

On ne vous laisse pas sentir l'odeur réelle, ni goûter à la saveur véritable de quoi que ce soit. Tout est stérilisé, et emballé sous cellophane. La seule odeur qui soit admise et reconnue comme telle, c'est celle de la mauvaise haleine et tous les Américains en ont une hantise mortelle. Les pellicules sont peut-être un mythe, mais la mauvaise haleine est bien réelle. C'est l'odeur authentique de la décomposition. Quand il est mort, un corps américain peut être lavé et désinfecté ; certains cadavres acquièrent même une beauté particulière. Mais un corps américain vivant dans lequel l'âme se décompose sent toujours mauvais, tous les Américains le savent et c'est pour cela qu'ils préfèrent être américains à cent pour cent, solitaires et grégaires à la fois, plutôt que de vivre nez à nez avec la tribu.

Il est pratiquement impossible d'échapper à la radio, au téléphone, aux journaux obèses et au verre d'eau glacée. À l'hôtel où je suis descendu, je n'ai pas besoin de réveil, car chaque matin, à sept heures trente précises, on me flanque mon petit déjeuner par terre, avec un grand coup dans la porte. Il arrive comme une lettre par la poste, sauf qu'il fait plus de bruit. Un petit déjeuner « continental », avec du café dans un récipient aseptisé, du beurre enveloppé dans du carton, du sucre dans du papier, de la crème dans un pot scellé, de la confiture dans un petit bocal fermé et des croissants sous cellophane. Voilà un petit déjeuner continental comme je n'en ai jamais vu sur le Continent. Il y a une chose qui le distingue des petits déjeuners servis n'importe où sur le Continent : *il est inhumain !* Et bien que j'aie vécu dans les hôtels les plus infâmes dont puisse s'enorgueillir Paris, je n'y ai jamais dégusté mon petit déjeuner dans une boîte à chaussures, aveuglé par la lumière électrique et assourdi par une radio poussée au maximum.

Si je frotte une allumette, je lis « Ex-Lax ne crée aucune accoutumance », ou bien une autre ânerie tout aussi ridicule qui assure un salaire à de studieux imbéciles. Dans le couloir, une femme qui ressemble à Carrie Nation dit à la femme de chambre : « Mettez-moi un rouleau de papier hygiénique supplémentaire dans la salle de bains, s'il vous plaît. » Et voilà. Dans un drugstore, un livre avec ce titre : *Les*

Juifs sans argent. Les liftiers ont l'air élégant, impeccable et intelligent — plus élégant, plus impeccable et plus intelligent que le directeur de l'hôtel. Pour avoir une serviette propre, il n'y a qu'à presser un bouton et à tirer. Si vous avez besoin de quoi que ce soit — un piano, une valise ou un pompier — vous n'avez qu'à décrocher le téléphone et à le dire. Il ne viendra à l'idée de personne de vous demander pourquoi vous voulez ceci ou cela. À longueur de journée, je marche dans les rues, mais je ne vois jamais aucun endroit pour m'asseoir — je veux dire, aucun endroit qui ait l'air accueillant. Sur les murs de ma chambre, j'ai mis la photo d'une chaise du jardin des Tuileries, une chaise photographiée par mon ami Brassaï. Pour moi, c'est un poème. Ce n'est plus une chaise en fer avec des trous dans le siège que je vois, mais un trône vide. Si je pouvais, je ferais frapper cette chaise, ce siège vide, sur tous les dollars d'argent. On a besoin de s'asseoir quelque part pour se reposer, pour contempler, pour savoir qu'on a un corps — *et une âme.*

Ceux qui ne savent ni manger ni boire, ceux qui vivent par l'intermédiaire des journaux et des films, ceux qui vont comme des fantômes et des automates, ceux qui font du travail une idole, parce qu'ils n'ont pas d'autre façon de s'occuper l'esprit, ceux qui votent démocrate ou républicain que leur gamelle soit pleine, à moitié vide, rouillée ou pleine de trous, ceux qui ne s'assoient jamais sauf pour boire un petit coup, ceux-là, que leur importe le nouvel alignement ? Les grippe-sous prétendent être inquiets au sujet d'une révolution potentielle. Pour autant que je puisse en juger, la révolution est déjà une réalité. Le décor est planté, les machines sont en pleine action et les esprits sont mûrs pour l'avènement d'*Utopie*. Il ne reste plus qu'à trouver un nom. L'ère du collectivisme est déjà commencée. L'Amérique est déjà communisée de haut en bas. Il ne lui manque plus qu'un Lénine, un Mussolini ou un Hitler.

Je le répète, peu importe le nom qu'on donne à ce nouvel alignement. Une fois que le corps sera habillé, tout sera merveilleux. Si vous voulez savoir à quoi ça ressemblera quand tout le monde sera lavé, empesé, désinfecté, stérilisé, châtré et convenablement ligoté, vous n'avez qu'à lire les grands romans américains — il en sort un par semaine. Du point de vue d'Utopie, c'est peut-être regarder par le petit bout de la lorgnette, mais pour obtenir une correction, il suffit de retourner la longue-vue.

À moins que cette machine colossale et insensée que nous avons faite de l'Amérique ne soit écrasée et mise en pièces, il ne reste aucun espoir. Le patron est un maquereau et l'ouvrier une putain. Une révolution économique n'aboutirait à rien. Une révolution politique ne servirait à rien. Même si on remplace toutes les pièces et qu'on fabrique un nouveau modèle, il ne se passera rien de valable. Le mal est à la racine. Tout le corps de la vie américaine est contaminé.

Quand on est artiste, on a une consolation qui est refusée aux autres. On peut jouer le rôle de l'entrepreneur des pompes funèbres. C'est une très ancienne et très honorable profession et elle ne demande que quelques notions pratiques d'anatomie. Elle procure la satisfaction de marcher et de travailler en compagnie de la mort en toute dignité, tout en étant soi-même parfaitement vivant et joyeux.

LE PONT DE BROOKLYN

Toute ma vie, je me suis senti une grande parenté avec les fous et les assassins. Toute ma vie, pratiquement, j'ai vécu dans de grandes villes. Je suis malheureux, mal à l'aise, quand je ne suis pas dans une grande ville. Mon amour de la nature se limite à l'eau, à la montagne et au désert. Ces trois composantes forment une trinité qui m'est plus essentielle que n'importe quelle nourriture spirituelle. Mais, en ville, j'ai conscience d'un autre élément qui dépasse tous les autres par son pouvoir de fascination : le labyrinthe. S'égarer dans une ville étrangère est la plus grande joie que je connaisse. S'orienter, c'est tout perdre. Pour moi, la ville est le crime personnifié, la folie personnifiée. Je m'y sens chez moi. Par exemple, lorsque dans un film je vois une grande ville chinoise et que je m'imagine être au milieu de cette anarchie et de ce désordre, les larmes me viennent aux yeux. Pour moi, c'est le paradis. Peu importe leur langue, je m'entends toujours avec les hommes des grandes villes. Nous sommes frères, nous nous comprenons. Ne faisons-nous pas route vers une réalité commune qui a sa genèse dans le crime ?

Pour accomplir le moindre pas en avant, il faut repartir du commencement. Une fois qu'il a mérité la mort légitime qui précède la maturité, tout homme revient à son enfance pour trouver inspiration et nourriture. C'est à ce moment que son sommeil est troublé par des rêves prophétiques et inquiétants. Il a recours au sommeil afin de s'éveiller plus intensément. Ainsi, il commence à s'habituer, inconsciemment, sans aucun doute, à cet état d'annihilation auquel on parvient quand on a atteint son but. Il se met à vivre en pleine conscience, de manière à jouir d'une longue mort définitive et ininterrompue, d'une mort dont très peu d'individus ont fait l'expérience. La mémoire prend alors un autre caractère, un caractère presque identique à la vie éveillée. La mémoire cesse d'être cet interminable train de marchandises. Une seule conscience, la même pour le rêve, la mémoire et la vie éveillée. Tout mouvement devient circulaire et jaillit d'une source inépuisable.

Dans les visions et les rêves virulents qui ont accompagné la composition du *Printemps noir*, une image semble revenir avec une lumière et un éclat plus grands que tous les autres : le pont de Brooklyn. Pour moi, le pont de Brooklyn a exactement la même fonction que l'arc-en-ciel pour Lawrence. Mais, alors que Lawrence partait à la poursuite d'un avenir resplendissant que l'arc-en-ciel semblait lui promettre, moi, je recherchais un lien qui me rattacherait au passé. À mes yeux, ce pont était un moyen de me réinsérer dans le courant universel ; il était bien plus stable et bien plus durable qu'un arc-en-ciel et, en même temps, il détruisait l'espoir et la durée. Il m'avait permis de relier les deux courants ancestraux qui circulent entre les pôles de la mort et de l'aliénation. Par conséquent, je pouvais planter fermement un pied en Chine et l'autre au Mexique. Je pouvais me promener tranquillement entre le fou et le criminel. Je me sentais solidement ancré dans mon époque, tout en étant au-dessus et au-delà.

Aussi loin que je puisse remonter, mes ancêtres ont toujours rué dans les brancards. Les monstres et les phénomènes qu'on voit se balancer aux branches de l'arbre généalogique sont la preuve d'un effort continu et violent pour donner de nouvelles pousses. Ils ont tous été vagabonds, pionniers, explorateurs, navigateurs, fermiers, poètes ou musiciens même, ou encore petits tailleurs ridicules. Du côté maternel, ce sont des Mongols ; du côté paternel, ils sont issus, paraît-il, d'une souche patagonienne. Ces deux branches suivirent des chemins différents, en laissant des traces dans chaque coin et recoin de la terre. À la fin, elles se rencontrèrent pour former la mystérieuse île de l'inceste décrite dans mon livre. L'île de George Insel n'était peuplée que d'hommes hippopotamiques, dont les Atlantes sont une branche. Leur particularité consiste à ne se vêtir que des habits des morts.

En George Insel, l'arbre et le squelette en vinrent à ne faire qu'un. Cet événement qui mijotait depuis plus de vingt-cinq mille ans eut lieu dans un bistrot de banlieue. Un beau jour, les exogames et les endogames de la famille se rejoignirent — c'est-à-dire que les hommes qui étaient venus par le détroit de Béring, comme les Chinois, firent dans ce bistrot la connaissance de leurs frères de l'Atlantide qui avaient traversé le fond de l'océan dans une extase hippopotamique. George Insel surgit des profondeurs comme un volcan en plein milieu du Pacifique. Ses origines, il les avait laissées derrière lui. Il était raide comme un totem et complètement cinglé. À peine eut-il trouvé un emploi comme aide-entrepreneur des pompes funèbres qu'il se jeta sur un cadavre appétissant, lui retira les entrailles et s'appropria sa dépouille. Au moment de Noël, quand il colportait des cartes de vœux, sa barbe devenait toute blanche et scintillait comme du mica.

En faisant les cent pas sur le pont de Brooklyn, tout m'apparaissait clair comme de l'eau de roche. Une fois que j'avais dépassé le pilier et que je me sentais parfaitement en équilibre au-dessus du fleuve, le passé tout entier s'éclairait. Le phénomène durait tant que je restais au-dessus de l'eau, tant que je plongeais mon regard dans les tourbillons glauques et que je voyais tout à l'envers. Ce n'était que dans les moments d'angoisse extrême que j'allais sur le pont, quand tout semblait perdu, comme on dit. De temps à autre, tout semblait perdu, de façon irrévocable. Ce pont était la manille de la mort, une étrange créature ailée à qui il manquait un œil et qui me retenait suspendu entre les deux rives.

Sur ce pont, je rêvais très intensément, si intensément parfois que je me retrouvais dans le Nevada, au Mexique ou dans un lieu perdu comme la Cité impériale. L'impression que j'ai ressentie un jour à l'endroit susnommé dépasse toute description. Un sentiment de désolation vraiment sans précédent, d'autant qu'il était sans raison. Soudain, je m'étais retrouvé dans le corps d'un homme qui portait mon nom, dans un coin abandonné des dieux, sur la côte du Pacifique et, tandis que je marchais sans but d'un bout à l'autre de la ville, j'avais la sensation très nette de ne pas appartenir à ce corps que j'étais contraint d'habiter. Non, décidément, ce n'était pas mon corps. Peut-être me l'avait-on prêté, par pitié, mais ce n'était pas moi. C'était moins de la terreur que de la désolation que je ressentais. Moi qui souffrais, où étais-je dans ce monde et en ce moment ? J'étais confortablement incarcéré à l'intérieur d'un corps qui marchait dans une ville étrangère pour des raisons que j'ignorais. Cela dura tout l'après-midi. Il s'agissait peut-être de ce bref laps de temps pendant lequel, d'après les astrologues, la folie m'avait menacé. Il n'y avait pas eu de lutte, ni de grande angoisse ; j'étais seulement frappé de désolation. En fait, « je » fus absent durant tout ce temps. Ce « je » n'était plus qu'une vague sensation approximative de l'ego, une conscience momentanément tenue en laisse pendant une conjonction planétaire cruciale sous laquelle mon propre destin se jouait. C'était un squelette d'ego, une ombre congelée du moi.

Peu de temps après, une nuit, je m'éveillai, m'habillai automatiquement, me rendis au bureau de poste et m'envoyai à moi-même un message me disant de rentrer à la maison. Le lendemain, j'étais dans le train de New York et lorsque j'arrivai chez moi, le télégramme m'y attendait. De retour dans ma propre peau, je compris sans le moindre déplaisir qu'il faudrait que je fasse une longue pénitence. On n'en réchappe pas aussi miraculeusement sans payer le prix. Un salut dérobé au temps ne veut rien dire. Je me suis suicidé bien des fois sur ce pont. Mais, tout aussi souvent, j'y suis revenu pour me débattre avec les mêmes énigmes. À la longue, il importe peu qu'un individu meure ou pas. En fin de compte, il faut revenir pour boire la coupe jusqu'à la lie. C'est une chose que j'ai fini par comprendre quand le pont a cessé d'être un objet de pierre pour s'incorporer à ma conscience comme un symbole.

Pendant ce processus de transformation interne, le grand courant qui avait animé l'arbre généalogique de ma famille pendant vingt-cinq mille ans ou plus s'est trouvé polarisé. Les terreurs et les obsessions qui l'avaient saigné à blanc se fixèrent, la mort étant comme un levain au pied d'un arbre et la folie enceignant son feuillage, comme l'air même. L'étrange île desséchée qu'était George Insel fleurit comme un magnolia. George Insel se mit à rêver comme une plante rêve dans une nuit stagnante. Après avoir déposé le corps dans la glace, il allait se coucher lui-même dans le cercueil capitonné de l'entreprise des pompes funèbres et, doucement, paresseusement, il se mettait volontairement à rêver.

Ce à quoi rêvait George Insel, les hommes du Mexique l'avaient rêvé avant lui. C'est un rêve que les Américains du Nord s'efforcent de chasser, mais ils n'y parviendront jamais, car leur continent tout entier est maudit. À une certaine époque, lorsque les Mongols avaient afflué, venant du nord-ouest, et qu'ils avaient loué les corps inhabités des Mexicains, on aurait pu croire que ce rêve était un mythe. Mais aujourd'hui, sous l'angélique apparence de l'assassin américain, on retrouve les somnambules hippopotamiques qui désertèrent le bassin de la Méditerranée, dans une quête aveugle de paix. C'est dans le pacifique et doux sourire de l'étrangleur, de l'étrangleur américain, qu'on peut détecter le germe de la race d'artistes qui fut anéantie à l'époque du Déluge. Ce qu'on appelle l'Histoire n'est que le relevé sismologique des explosions et des implosions provoquées par l'avortement d'un type d'homme nouveau et salvateur, à une période déterminée d'un obscur passé. Ce passé, tout comme l'avenir qui l'anéantira, se heurte sans merci à la conscience de l'homme d'aujourd'hui. L'homme d'aujourd'hui est emporté en dépit de son propre courant ; ses moments d'éveil ne sont pas différents, en qualité et en texture, de l'étoffe de ses rêves. Sa vie est la crête d'écume d'une grande vague déferlante qui va se briser sur les rivages d'un continent inconnu. Il a balayé devant lui ses propres débris ; il se brisera net sur une vague compacte et obstinée.

C'est pourquoi, en examinant le caractère climatisé du cauchemar américain, je suis enchanté par la perspective de remettre en ordre les débris qui se sont accumulés sur la grève de cette île solitaire de l'inceste nommée George Insel. Parmi une foule d'autres choses, je vois une fleur fanée provenant de la Vallée de la Mort, un morceau de quartz des Badlands, une perle navajo, une hache à viande des abattoirs, toute rouillée, une goutte de sérum de l'Institut du cancer, un pou sorti de la barbe d'un juif, une rue nommée Myrtle Avenue, une ville entièrement faite de celluloïd, une autre de cellophane, une céréale semblable à de la cervelle séchée appelée noix de raisin et ainsi de suite. En plein milieu de ces débris, complètement rénové et parfaitement ventilé, se dresse le pont de Brooklyn. Sur l'un des pylônes se tient tante Melia se tressant les cheveux et, sur l'autre, George Insel armé d'une seringue d'entrepreneur des pompes funèbres. Une journée radieuse se lève et au-dessous, dans les chantiers navals, au bout des vergues, les morts se balancent raides et allègres. Tante Melia est si bien placée désormais que lorsqu'elle veut la lune, comme ça lui arrive parfois, elle n'a qu'à tendre la main. Tout est du meilleur goût, tout est prémédité, arrangé, disposé, digéré d'avance. L'aurore boréale bat son plein et le ciel n'est plus qu'une gigantesque omelette antiseptique saupoudrée de persil et de grains de cumin. Une belle journée pour tout le monde, Dieu compris. Aucun risque de pluie, pas une ombre de sang ou d'épidémie. Le temps, comme le ciel, se maintiendra ainsi indéfiniment. Au-dessous du lit du fleuve, quelques milliers de malheureux se font patiemment péter les poumons sur des machines à river. À part cela, c'est sublime. Je vais et je viens sur le pont, avec le sourire tranquille de l'étrangleur américain. Mon angoisse est comprimée par un bandage élastique permanent ; si j'ai besoin de cracher le sang, j'ai une petite coupe très pratique accrochée à mon rosaire que j'ai achetée un jour au Prisunic. Les bateaux de guerre se rangent pour les exercices de tir ; il faut qu'ils entrent bientôt en action, sinon on les mettra à la ferraille. Les contre-amiraux calculent l'azimut. Eux aussi entrent en action, comme tous les autres héros. Tout le monde mourra avec un sublime héroïsme, y compris le dalaï-lama du Tibet. Salvador Dalí nettoie ses pinceaux ; il se sent un peu en avance. Mais son heure viendra. L'atmosphère va bientôt grouiller de placentas, de soucis ailés et de crachoirs incrustés d'yeux humains. Au Yucatan, les chicleros deviennent fous furieux ; acculés au désespoir, les frères Wrigley mâchonnent leurs propres chewing-gums. Sur les rives du Grand Lac Salé, les buffles assassinés se dressent comme des fantômes et chargent les abattoirs. Et pourtant, le ciel brille comme une omelette et chaque petit brin de persil reste obstinément en place. *Une merveilleuse journée pour tout le monde, Dieu compris.*

Les Nord-Américains redoutent deux choses : la mort et la folie. Dans l'espèce première, ces hantises ont été apparemment supprimées. Un assassin est un homme sans courage et sans conscience. Il accomplit sa besogne dans une sorte de transe. Sur la chaise électrique, il fait preuve de la même nonchalance que s'il était chez le barbier, et même davantage, car chez le barbier la mort peut survenir accidentellement, alors que la chaise électrique est une valeur sûre. On peut tuer plusieurs fois un homme qui dort à poings fermés — il ne connaîtra ni la douleur ni la peur. Mais cette part de l'homme qui est éveillée et à laquelle, à certains moments, l'accès à son corps est refusée fabrique en temps voulu un hôte invisible qui sature l'atmosphère d'angoisse. De la même manière, le continent tout entier vogue comme un iceberg vers un courant tropical dans lequel il sera dissous.

Quand j'étais dedans et que j'en faisais partie, il me semblait que le reste de l'univers était timbré. Lorsque tout un continent part à la dérive, on a l'impression qu'il existe une direction. Mais quand on est bon dernier et qu'on s'aperçoit qu'il n'y a pas de gouvernail, on éprouve une sensation bien différente. Et si on reste ainsi pendant très longtemps, on s'enfonce inévitablement. C'est exactement ce qu'il m'était arrivé. J'étais descendu tout au fond, en tenue de plongée, pour couper le grelin. Arrivé en bas, je sentis enfin que j'étais sur un sol ferme. En regardant à travers les profondeurs marines avec mes yeux aqueux, j'aperçus ceux qui patinaient sur la glace fine, au-dessus de moi. C'était exactement comme s'ils étaient déjà au paradis, sauf que les anges n'ont pas de fusils mitrailleurs. Ils semblaient arborer cette expression de béatitude qu'ont les trépassés. Ils attendaient simplement que la faux vienne les moissonner.

Tout en accomplissant ce voyage hippopotamique, je découvris quelques notions que mes ancêtres avaient tenté sans succès de m'inculquer. Je découvris qu'il fallait respirer très superficiellement, presque pas du tout ; je découvris qu'il fallait ne pas résister, faire des détours pénibles et nager avec le courant ; je découvris qu'il fallait perdre beaucoup de temps à flotter sur le dos et qu'il fallait cultiver les bonnes grâces des créatures les plus sauvages d'aspect, qu'il fallait être totalement souple et malléable comme une touffe de vide flasque et sans volonté, si on voulait atteindre l'autre rive.

L'autre rive ! Avant tout, on doit apprendre à oublier qu'il existe une autre rive. Car la rive est toujours là quand c'est nécessaire. De même que, dans le rêve, le moyen d'éviter l'anéantissement, c'est de se réveiller, dans un voyage sous-marin, le rivage est toujours là à propos, dès qu'on a décidé de s'en sortir. La folie ne survient que lorsqu'on n'est pas certain d'en être capable. La mort qui nous attend tous est l'amnésie qui afflige inévitablement le rêveur qui refuse de se réveiller au moment crucial. Des générations entières d'hommes ont ainsi trépassé dans leur sommeil, si bien que la mort est devenue une habitude. C'est arrivé aussi à ceux qui se sont embarqués pour un long voyage — je veux dire ceux qui ont voulu parvenir à la frontière d'une autre réalité — lorsque à un moment donné ils ont brusquement perdu la foi, et par la même occasion le contact avec toute réalité, la plus évanescente fût-elle.

Les buffles qui vivent le plus longtemps sont ceux qui ploient sous le joug et le harnais. Les hommes qui ont cessé de mourir sont ceux qui ont accepté leur sort. Le grand principe féminin de la soumission produit un équilibre qui maintient perpétuellement la cosmogonie et la cosmologie du cosmos.

Point n'est besoin de brique et de mortier, ni de poutrelles d'acier pour maintenir l'univers en place, car tout ce qui est est à sa place.

Aucun individu en état de grâce, c'est-à-dire un individu dans un état d'équilibre parfait, ne souhaiterait être différent d'un cheveu. Derrière lui, le soutenant comme une arche, se tiennent ses ancêtres. Devant lui, s'éloignant toujours mystérieusement dans les Enfers, il y a les mères. Il lui faut respirer le plus doucement possible pour ne pas crever la membrane ancestrale qui le tient suspendu au-dessus du vide. Il doit croire au pouvoir miraculeux de son souffle, s'il veut éviter d'être repris par l'engrenage de la naissance et de la renaissance. Les mères sont sans cesse en travail, leurs reins sont lourds d'espoirs et de doutes sordides. Rien ne peut faire cesser les douleurs de l'enfantement, si ce n'est l'acceptation de la nature miraculeuse de notre propre existence. Tant que les hommes nieront leur pouvoir, les mères resteront au service de la mort.

Il y a des poissons qui parlent et des plantes qui avalent des êtres humains tout vivants ; il y a des diamants qui naissent en une nuit, pendant un violent orage. De même, il y a des étoiles qui n'ont pas encore paru à notre vue et qui s'annonceront en temps voulu, sans la moindre aide des instruments scientifiques. Lorsqu'on regarde le ciel abondamment étoilé, par une nuit claire et glacée, deux pensées peuvent venir à l'esprit qui sont également valables selon l'attitude intérieure de chacun. On peut se dire : c'est loin ! C'est insaisissable ! Et on peut aussi penser : C'est près ! C'est chaud ! C'est parfaitement compréhensible ! Tante Melia était obsédée par la lune ; elle tendait toujours les mains pour l'attraper. Je me souviens de la première fois où elle avait avancé le bras, la nuit où elle est devenue timbrée. Jamais la lune ne m'avait paru si lointaine. Mais pas désespérément lointaine ! Hors de portée, bien sûr, mais seulement d'un cheveu, pour ainsi dire. Une vingtaine d'années plus tard, j'eus l'occasion de voir Jupiter avec des jumelles. Dans le jargon astrologique, Jupiter est ma divinité planétaire bénéfique. Quelle figure remarquable que celle de Jupiter ! Jamais je n'avais vu quelque chose de plus radieux, de plus éclatant de lumière, de plus ardent et de plus froid en même temps. Cette nuit-là, en quittant le toit de la maison de mon ami, les étoiles se rapprochèrent soudain de moi. Et depuis, elles sont restées ainsi, plus près de quelques petites lieues astronomiques et aussi plus chaudes, plus resplendissantes et plus bénéfiques. Aujourd'hui, quand je lève les yeux vers les étoiles, je suis conscient qu'elles sont toutes habitées, chacune d'entre elles, y compris les astres prétendument morts, comme notre terre. La lumière qui flamboie d'elles est la lumière éternelle, le feu de la création. Le feu n'est froid et lointain que pour ceux qui se détournent de leur propre chaleur pour regarder avec des instruments de précision. Le livre dont je viens de parler était une sorte de transcription musicale en langage alphabétique d'un nouveau royaume de la conscience que je commence seulement à explorer. Depuis, j'ai passé l'équateur et fait la paix avec les puissances de Neptune. L'hémisphère Sud est là qui attend d'être cartographié. Là prévalent des configurations entièrement nouvelles. Quoique invisible, le passé n'est pas mort. Le passé tremble comme une énorme goutte d'eau accrochée au bord d'un gobelet froid. Je me tiens le plus près possible de moi-même, au milieu d'un grand champ de lumière. Je ne décris que ce que connaissent tous les hommes avant et après moi, ceux qui se trouvent dans la même relation par rapport à eux-mêmes. Il m'est impossible de raconter une histoire qui n'aurait pas été vécue, une histoire imaginaire.

Mon incarnation mexicaine est terminée, ma vie nord-américaine est révolue. L'étrangleur qui était en moi est mort, le fou et le fanatique aussi.

Le crucifié en rose, *par Michel Bulteau* 9

Dérive aux Everglades 15

De Dieppe à Newhaven 65

Une lettre 113

La tarte lumineuse 137

Le pont de Brooklyn 153

DU MÊME AUTEUR

Aux Éditions Gallimard

PRINTEMPS NOIR, 1946 (Folio nº 671).

SOUVENIRS SOUVENIRS, 1953 (Folio nº 1939).

LE CAUCHEMAR CLIMATISÉ, 1954 (Folio nº 1714).

LES LIVRES DE MA VIE, 1957 (L'Imaginaire nº 532).

PLONGÉE DANS LA VIE NOCTURNE... précédé de LA BOUTIQUE DU TAILLEUR, Nouvelles extraites de *Printemps noir* (Folio 2 € nº 3929).

Aux Éditions Denoël

LE TEMPS DES ASSASSINS. Essai sur Rimbaud, 2000.

Aux Éditions Hachette Littératures

L'ŒIL QUI VOYAGE, 1982. Nouvelle édition en 2002 (Folio nº 4459).

Aux Éditions Christian Bourgeois

JOURS TRANQUILLES À CLICHY, 2002.

ESSAIS INÉDITS, 2 vol., 1997.

MON VÉLO ET AUTRES AMIS, 1995.

LETTRES À EMIL, 1995.

Aux Éditions Buchet Chastel

LE SOURIRE AU PIED DE L'ÉCHELLE, 2001.

BIG SUR, 1991.

Aux Éditions Stock

TROPIQUE DU CANCER SUIVI DE TROPIQUE DU CAPRICORNE, 2005.

Chez d'autres éditeurs

LIRE AUX CABINETS, *Allia*, 2000.

PREMIERS REGARDS SUR LA GRÈCE, *Allia*, 1999.

AQUARELLES, *Arléa*, 1999.

VIRAGE À 80, *Stock*, 1996.

L'OBSCÉNITÉ ET LA LOI DE RÉFLEXION, *La Musardine*, 2001.

OPUS PISTORUM, *La Musardine*, 1997.

Composition Facompo.
Impression Bussière
à Saint-Amand (Cher), le 17 octobre 2006.
Dépôt légal : octobre 2006.
Numéro d'imprimeur : 063542/1.
ISBN 2-07-031932-6./Imprimé en France.